H. Grit Seuberlich:

»Kindheit in Rumänien. In der Schule Kinder verschiedener Nationalitäten: Rumänen, Deutsche, Russen, Ungarn, Polen, Armenier. Trotz unterschiedlicher Sprache verstanden wir uns ausgezeichnet. Wir spielten die gleichen Spiele, wir hatten die gleichen Kümmernisse. Abitur bei Kriegsende in Wien. Einige Semester Germanistik. Schüchterne, journalistische Versuche. Theaterkritiken. Sehr bald die Erkenntnis, dass mir die journalistische Arbeitsweise, schnell, kurz und griffig zu schreiben, nicht liegt. Arbeit als freie Lektorin. Exposé für ein erstes Jugendbuch. ›Annuzza im Maisfeld‹ – eine Idee, entstanden in der schillernden Erinnerung an die Kindheit. Ein zweites Buch ›Niemand ist allein‹ folgte. Ich habe nicht nur diese Bücher geschrieben und bin beim Kinder- und Jugendbuch geblieben: als Verlegerin bei Ensslin – eine zauberhafte, reiche Welt, in die man vielfach eingesponnen ist.
Die Arbeit am Jugendbuch möchte ich unter das Motto stellen: ›Zünde im Wind eine Kerze an – bläst er sie aus: du hast's trotzdem getan …‹ Kinder sind dankbare Leser. Sie leben mit den Gestalten der Bücher und sie vergessen sie nicht.«

H. Grit Seuberlich

Annuzza im Maisfeld

ENSSLIN & LAIBLIN VERLAG REUTLINGEN

Die Deutsche Bibliothek – CIP-Einheitsaufnahme

Seuberlich, H. Grit: Annuzza im Maisfeld /
H. Grit Seuberlich. - Reutlingen :
Ensslin und Laiblin, 1999
(Leseeule)
ISBN 3-7709-0946-1

Umschlagillustration: **Milada Krautmann**
Zierlinie: **Gion Aquin, Kassel**
Titeleivignette: **Ulrike Heyne**

Für Nadine, Sabrina, Patricia und Marco ein Stückchen Welt von damals.

 Satz: ensslin-typodienst. Coverreproduktion: Repromayer, Reutlingen. Gesamtherstellung: Graphischer Großbetrieb Pößneck. Printed in Germany.

ISBN 3-7709-0946-1

Meine Heimat und ich

Meine Heimat ist ein Dorf am Rande der Karpaten. Aus grünen Buchenwäldern weht der Wind auf Wiesen wie aus Seide. Er weht über das goldene Getreidemeer und über das Maisfeld.

Meist kommt er über die Karpaten, die sich im Westen erheben, und wenn er unser Dorf erreicht hat, stellt sich ihm nichts mehr in den Weg.

Denn im Osten beginnt die weite Ebene der Bukowina, der Moldau und Bessarabiens.

Beinahe eine halbe Tagesfahrt entfernt liegt die große Stadt am Pruth. Aber auch wir haben unseren Fluss, den Sereth.

Wenn ich sage: Das Dorf ist meine Heimat, so meine ich damit vor allem unser gelb getünchtes Bauernhaus und unser Maisfeld. Niemand im Dorf hat ein Maisfeld, das so groß und schön ist wie das unsere. Im Spätsommer überragen mich seine Stauden; da kann ich stundenlang im Mais hocken, ohne dass mich jemand findet. Auch jetzt bin ich eingeschlossen von den kräftigen Stöcken, und der Boden, auf dem ich liege, ist dunkelbraun und warm. Gern lege ich meine Hand flach auf die Erde und fahre sacht über die trockenen Rillen. Es ist unsere Erde. Sie gehört Vater und Mutter, Puiu und mir. Früher gehörte sie auch Kuza, aber das ist schon eine Weile

her. Ich bin froh, dass der Mais mich umschließt wie der nahe gelegene, dichte Buchenwald die vielen Tiere, die darin leben. Eigentlich müsste ich jetzt in unserer großen Küche stehen und Mamaliga[1] rühren. Aber dort darf ich weder schreiben noch lesen. Vater und Mutter sind böse, wenn sie mich mit einem Buch sehen oder mit Bleistift und Papier. Sie wollen, dass ich für immer ins Dorf zurückkehre, dass ich Marcels Frau werde und – später einmal – eine gute Bäuerin.
Ich aber träume von etwas anderem. Meine Träume sind bunt wie die Ostereier, die das ganze Jahr über auf einem Holzteller auf dem Fensterbrett liegen. Sie sind fremdartig wie der Teppich aus Persien in der guten Stube des Popen. Und sie sind gefährlich wie ein Gewitter, weil sie mich jäh verwandeln können. Deshalb habe ich mich entschlossen, meine Geschichte zu schreiben. Ich will darin erzählen, wie ich war und wie ich heute bin.
Lange habe ich darüber nachgedacht, wo ich anfangen soll. Jetzt weiß ich es. Ich lehne mich an einen harten Kürbis.
Um mich herum ist der reife Mais und über mir ist das Blau des Himmels. Die Kolben sind gelb. Jedes Korn sieht aus wie ein kleiner Goldklumpen. Ich löse eine Hand voll Körner von einem Kolben und zermahle sie langsam zwischen den Zähnen. Sie schmecken nach Milch und Zucker und Ernte.
Vor fünf Jahren habe ich mich zum ersten Mal hier im Maisfeld versteckt und mit offenen Augen geträumt, auch einmal so schön zu sein wie meine ältere Schwester Kuza. Es ist ein kleiner, bescheidener Traum gewesen, gemessen an meinen heutigen Träumen. Aber er hat einen neuen Abschnitt meines Lebens eingeleitet, und deshalb will ich meine Geschichte damit beginnen. Ich schreibe sie für Nadine und für Nelo, und auch ein wenig für mich selbst.
Wenn ich heute, da ich sechzehn bin, an damals zurückdenke, ist es mir, als hätte mein Leben mit einem kleinen Traum und mit dem großen Unrecht, das mir an jenem Tag widerfahren ist, erst richtig begonnen.

[1]Mamaliga = Brei aus Wasser und Maismehl, Nationalspeise der rumänischen Bauern.

Ein Unrecht

Ich bin die Tochter des Bauern Burda und heiße Annuzza. Unser Hof ist der größte des Dorfes, und ich bin stolz darauf wie eine Bäuerin. Natürlich bin ich mit meinen elf Jahren noch keine richtige Bäuerin, aber ich habe schon meine festen Pflichten. Die Arbeit, die jeder von uns täglich verrichtet, ist für unseren Hof ebenso wichtig wie für die Felder Regen und Sonnenschein zur rechten Zeit.

Früher, als ich noch kleiner war, half ich außerhalb der Schulzeit regelmäßig im Frühjahr, im Sommer und Herbst auf den Feldern. Zuweilen fuhr ich auch mit Mutter in die Stadt zum Markt.

Und wenn die stille Winterzeit kam, saß ich mit meiner Schwester Kuza, mit Mutter und Bunika[2] in der warmen Küche am Feuer und stickte.

Vater und mein kleiner Bruder Puiu dagegen schnitzten Holzteller oder töpferten.

Seit einigen Monaten ist es anders. An meinem elften Geburtstag hat Mutter mir den Hühnerstall übergeben. Ich muss ihn sauber halten, die Hühner füttern, muss die Eier einsammeln und darauf achten, dass der kleine Stall und der drahtumzäunte Hofteil davor stets gut verschlossen sind. Es ist eine wichtige Aufgabe, die Mutter mir zugeteilt hat, denn wir haben vierzig Hühner, viele goldgelbe Küken und drei streitsüchtige Hähne. Die Eier bringt Mutter auf den Markt in der Stadt.

Ein engmaschiges, flaches Drahtdach schützt den viereckigen Hühnerhof vor den hungrigen Raubvögeln, die immer über unserem Dorf kreisen. Erst kürzlich habe ich wieder einen der gierigen Hühnerbussarde über unserem Hof bemerkt. Mit breiten Flügeln zog er am Himmel seine Kreise und Schleifen. Selbst der tote, auf einer langen Holzstange über dem Hühnerstall aufgespießte Habicht schreckt ihn nicht ab. Vater meint zwar, der ausgestopfte Habicht könne die Bus-

[2]Bunika = Großmutter; sie dirigierte aus dem Hintergrund das Leben auf den rumänischen Bauernhöfen.

sarde vom Hühnerraub abhalten, aber das stimmt wohl nicht ganz. Deshalb muss ich morgens, bevor ich zur Schule gehe, das Holztürchen zum Hühnerhof sorgsam verriegeln. Könnten die Hühner in den Garten, so würde sie kein Drahtgitter vor den Raubvögeln schützen.
So verlief mein Leben mehrere Monate lang. Aber eines Tages geschah ein Unglück. Wie jeden Morgen war ich um sechs Uhr aufgestanden. Einen Wecker brauchte ich nicht.
Um diese Zeit höre ich stets unseren Leiterwagen über den Hof rumpeln. Vater, Mutter, Kuza und unsere beiden Knechte fahren im Herbst täglich um diese Stunde aufs Feld hinaus. Dann ist es Zeit für mich.
Fröhlich war ich aus meinem Holzbett gesprungen. Ich zog mein weißes Leinenhemd an und dann die Katrinza[3].
Mutter und Kuza haben mehrere bunt bestickte oder in Mustern gewebte Katrinzen. Mein Rock dagegen ist einfach und gar nicht schön. Mutter hat mir versprochen, dass ich auch einmal einen bestickten bekomme. Wenn ich erst so alt bin wie Kuza, werde ich für jeden Tag der Woche eine andere Katrinza haben, so wie sie.
So träumte ich beim Anziehen ein bisschen vor mich hin. Als ich fertig war, holte ich aus der Küche eine tiefe Holzschüssel und füllte das Hühnerfutter ein. Damit lief ich ums Haus herum zum Hinterhof.
Er trennt die Rückseite des Hauses von der Scheune, dem Stall und dem Hühnerhof. Hier reicht das Schindeldach unseres Hauses beinahe bis zur Erde und unter dem Dach ist Platz genug für das aufgeschichtete Winterholz.
Kaum ein paar Schritte von der Hauswand entfernt ist unser Brunnen. Vater hat rund um den dunklen Schacht ein kleines, helles Bretterhaus gebaut. Das Holzrad an der Seite lässt sich mühelos drehen und bringt den Blecheimer mit dem klaren, kalten Wasser an einem dicken Seil herauf.
Ich stellte die Schüssel mit dem Futter auf die Erde und trat an den Brunnen. Die Hühner hatten mich bereits bemerkt.

[3]Katrinza = rumänischer Bauernrock.

Sie drängten sich an die Maschen des Drahtzaunes und gackerten aufgeregt.
»Ja, ja, ich komm schon!«, rief ich ihnen beschwichtigend zu. Vorsichtig beugte ich mich über den Rand der Brunnenöffnung. Der erste schräge Sonnenstrahl fiel über mich hinweg auf den Hof. Das Wasser war in der Tiefe des Schachtes kaum zu sehen.
»Annuzza!«, rief ich in den Brunnen hinein. Wie fern und dumpf mein Name aus dem Brunnen klingt!, dachte ich und dann: Die Hühner! Ich muss zu meinen Hühnern!
Gleich neben dem Brunnen steht die bauchige Tonne mit dem Regenwasser. Haar und Wäsche werden bei uns auf dem Dorf nur mit Regenwasser gewaschen.
Glatt wie der Spiegel, der neben Kuzas Bett an der Wand hängt, war das Wasser. Ich lehnte mich darüber und blickte hinein. Bin ich das wirklich?, fragte ich mich. Das schwarze Haar lag in der Mitte gescheitelt um meine Stirn. Auch ich trug einen aufgesteckten Zopf, aber er war lange nicht so dick wie der von Kuza. Meine Augen sind dunkelbraun und schauten ein wenig verschlafen. Sie müssten blau sein wie der Morgenhimmel über mir, dachte ich. Vielleicht wäre ich dann hübscher. Und ich fand meine Nase viel zu groß. Meine Haut hat die Farbe von frisch geschlagenem Holz, sie ist nicht so weiß wie kuhwarme Milch. Nein, so schön wie Kuza werde ich wohl niemals sein!
Ich griff nach einem Stein und warf ihn ins Wasser. Seine Kreise zerstörten das Bild, das mir nicht gefiel, mein Bild.
Dann wusch ich mich eilig. Hände und Gesicht waren noch feucht, als ich mich nach der Futterschüssel bückte und auf nackten Sohlen weiter zum Hühnerhof lief.
Vorsichtig öffnete ich das Türchen, schlüpfte hinein und die Hühner drängten sich gleich alle um mich.
»Nicht so stürmisch!«, rief ich streng. »Und du, Mikuza, musst nicht immer die Erste sein, lass auch den anderen etwas übrig!«

Mikuza ist unsere beste Legehenne. Sie ist schneeweiß und äußerst würdevoll. Man könnte glauben, sie kenne ihre Bedeutung, denn sie behandelt die anderen Hennen und selbst die drei Hähne so, als sei sie eine Bunika.
Langsam ließ ich das Futter zwischen den Fingern hindurchrieseln, dass es wie ein goldbrauner Regen hinabfiel. Nachdem ich es verstreut hatte, suchte ich die frischen Eier aus dem Stroh. Sie waren groß und warm. Vierzig Stück zählte ich. Mutter würde sich freuen. Nun füllte ich mehrere kleine Wassertröge, die immer im Hühnerhof stehen, mit sauberem Wasser und kehrte mit einem Reisbesen den Schmutz zusammen. Inzwischen war die Sonne schon ein ganzes Stück gestiegen; es wurde Zeit für mich zum Schulweg.
Hinter mir drückte ich die Holztür zu und hängte das kleine Schloss ein, ohne es abzuschließen. Wie an jedem Morgen rüttelte ich noch einmal an dem Türchen, um mich zu überzeugen, dass es zu war und nichts geschehen konnte.
Heute ist ein besonders schöner Herbstmorgen, dachte ich noch. Klar und rein lag die Luft über dem Hof. Gleich würden die Kirchenglocken läuten.
Dann holte ich meine Schulbücher, die in einem selbst gewebten Beutel steckten, und eilte aus dem Hof. Leise trällerte ich auf dem Schulweg vor mich hin. Jeden Tag freue ich mich erneut auf die Schule. Ich bin eine gute Schülerin und unser Lehrer sagt, ich könnte die Beste der Klasse sein.
Das Lied, das ich sang, hatte ich selbst gedichtet. Vielleicht ist gar nichts dran, aber ich finde es hübsch:

Morgen fällt der Kukuruz[4],
und die Sonne scheint.
Morgen fällt der Kukuruz,
jede Staude weint ...
Abends, wenn der Mond erwacht,
tanzen wir ums Haus
bis zum bleichen Morgengraun,
und ich freu mich drauf ...

[4]Kukuruz = Mais.

Ja, morgen ist Kukuruzschnitt und abends Klaka. Zum ersten Mal in meinem Leben darf ich mit dabei sein.

Die Klaka bei uns auf dem Dorf ist etwas Besonderes. Sie ist mehr als ein Zusammentreffen der Nachbarn zu gemeinsamer Arbeit. Sie ist ein Fest und die Kukuruzklaka erscheint mir als die schönste im ganzen Jahr.

Die Kirchturmuhr schlägt Mittag, als ich mit den anderen Kindern aus der Schule komme. Ich laufe ihnen voraus, denn ich habe noch etwas vor. Ich will in das Maisfeld. Morgen, wenn die Kolben geschnitten sind, wird es kahl und traurig aussehen. Deshalb möchte ich heute noch einmal hin.

Ich blicke mich nach Puiu um und sehe ihn einige Schritte hinter mir an einer weiß getünchten Hauswand lehnen. Er steht regungslos da und schaut einem Zigeuner zu, der am Straßenrand hockt und auf einer Geige traurige Lieder spielt.

Puiu ist mein kleiner, achtjähriger Bruder. Er hat ein rundes Gesicht wie Vater. Sein Haar ist ganz kurz geschnitten. Man sieht nur einen schwarzen Flaum, wie bei unseren Schafen nach der Winterschur. Seine dunklen Augen blicken entweder verschmitzt oder trotzig. Zuweilen sitzt er irgendwo auf einem Feldstein und starrt vor sich hin. Wenn ich ihn dann frage: »Puiu, was tust du?«, antwortet er: »Ich will ein Zigeuner werden oder ein Schafhirte in den Bergen oben. Die sitzen den ganzen Tag auf einem Fleck.«

Es ist gut, dass Puiu mich nicht bemerkt. Vielleicht würde er sonst mit mir gehen. Ich möchte allein sein.

Die Schule liegt bereits weit hinter mir; vor mir beginnen am Dorfrand die Felder.

Unser Maisfeld ist noch ein Stück entfernt. Aber wenn ich mich beeile, bin ich in wenigen Minuten dort.

Als ich es erreiche, sind meine Wangen heiß vom schnellen Lauf. Ich lege mich auf den trockenen Boden. Neben mir baucht sich ein grüngelber Kürbis zwischen seinen Blättern, die fast so groß sind wie Vaters schwarzer Regenschirm. Vater pflanzt die Kürbisse zwischen den Maisstauden, um

den Boden auszunutzen. Er ist ein guter Bauer und Mutter eine tüchtige Bäuerin.
Ich lege meinen Kopf auf einen Kürbis. Wenn ich den Arm ausstrecke, kann ich die Maiskolben fassen. Wir nennen den Mais Kukuruz; dieser Name gefällt mir besser, er passt zu uns und unserem Land.
Über mir spannt sich wie ein blaues Tuch der Himmel. Ich schließe die Augen und plötzlich steht das Bild meiner älteren Schwester Kuza vor mir.
Ich bewundere Kuza mehr als Mutter und Vater. Kuza ist so schön wie die Jungfrau Maria auf der goldenen Ikone[5], die in der Küche über der Holzbank hängt. Vielleicht ist Kuza sogar noch ein bisschen schöner. Ihr Haar schimmert gelb wie die reifen Kukuruzkörner. Sie trägt es zu einem armdicken Zopf geflochten und aufgesteckt. Ihre Augen sind braun wie unsere Erde und ihre Haut ist weiß wie frische Milch.
In das ferne Blau des Himmels hinein träume ich davon, auch einmal so schön zu sein wie Kuza und morgen auf der Klaka so leichtfüßig Hora[6] zu tanzen wie sie …
Eigentlich müsste ich jetzt zurück auf den Hof. Es ist Mittagszeit, in der Küche auf dem blanken Holztisch steht bestimmt schon das Essen bereit. Aber meine Träume halten mich fest wie Vaters Angelhaken die kleinen Fische, wenn sie einmal angebissen haben.
»Annuzza! Annuzza!«
Es ist Mutters Stimme, die durch die warme Mittagsluft zu mir ins Kukuruzfeld herüberklingt. Ich verhalte mich still, rühre mich nicht. Kein Windhauch bewegt die dicken Stauden und niemand ist da, der meinen Platz verraten kann.
»Aaan-nuzzaaaa!«
Mutter ruft meinen Namen wieder und wieder. Es ist ein anderer Ruf als sonst. Er erscheint mir ärgerlich und dringend. Vielleicht sollte ich doch lieber darauf hören? Ich stehe auf; gebückt und vorsichtig laufe ich zwischen den Kukuruzstängeln und über die Kürbisse auf den Feldweg hinaus.

[5]Ikone = Heiligenbild.
[6]Hora = rumänischer Nationaltanz.

Wie alle im Dorf trage auch ich im Sommer und Herbst keine Schuhe. Meine nackten Fußsohlen sind braun und hart wie Leder, ich spüre die vielen kleinen Steine auf dem ausgetrockneten Boden nicht.
Der Weg führt auf unser Haus zu. Schon sehe ich deutlich unseren Cerdak[7]. Er ist aus hellen, sauberen Brettern. Vater hat den Cerdak im Frühjahr neu gezimmert, nachdem unser alter morsch geworden war. Der Cerdak ist nicht breiter als ein großer Schritt. In der Hausmitte befindet sich ein offener Durchgang zur Küchentür. Mehrere abgerindete Holzstämme stützen vom Cerdak aus das tief gezogene Schindeldach unseres Hauses. An dem Pfeiler des Cerdaks steht Mutter und winkt. Ihre Gestalt füllt die dunkle Öffnung der Küchentür aus. Warum winkt Mutter so heftig? Was ist geschehen? Ich laufe, so schnell ich kann.
Das Tor zum Vorhof steht weit offen. Meine Füße versinken in der tief gezogenen Radspur unseres Leiterwagens.
Wie in einer Rinne laufe ich auf Mutter zu. Ich werde Mutter sagen, dass ich auf der Weide war, um nach den Kühen zu sehen. Aber es bleibt mir keine Zeit dazu. Mutter kommt mir ein paar Schritte entgegen. Ihr Gesicht erinnert mich an eine verschlossene Tür. Es ist ganz hart. Ich habe Mutter schon einmal so gesehen.
Das war im vergangenen Sommer, als Puiu eine tote Katze in den Brunnenschacht geworfen hatte und Vater das Wasser ausschöpfen musste. Es war eine tagelange, schwere Arbeit. Von Vater bekam Puiu Prügel und von der Mutter wurde ihm für ein ganzes Jahr verboten, den Schafhirten unseres Dorfes, den alten Drago, zu besuchen. Mutter wusste gut, wie hart diese Strafe war, denn nirgends ist Puiu lieber als bei Drago mit seinen Schafen und den alten Geschichten, die Drago zu erzählen weiß.
»Komm mit, Annuzza!«, sagt Mutter streng.
Wohin? Was ist geschehen?, will ich fragen. Aber es ist mir, als stecke in meinem Hals ein Kloß.

[7]Cerdak = ganz oder teilweise um das Bauernhaus in Fundamenthöhe laufender, meterbreiter Holzumgang.

Mutter geht vor mir her um das Haus herum. Ihre Schritte sind schnell und zornig. Ich habe Angst vor ihr, noch mehr Angst als vor Vater, wenn er getrunken hat und blaue Adern auf seiner Stirn sichtbar werden.
Ich habe doch nichts angestellt – wirklich gar nichts!, denke ich beklommen.
Vor dem Drahtgeflecht des Hühnerhofes bleibt Mutter stehen und wendet sich um. Schweigend weist sie auf die schmale Holztür im Gatter.
Ich begreife nicht, was sie meint.
»Die Tür war auf«, sagt Mutter.
Offen? Die Tür? Das ist doch nicht möglich.
»Und der Bussard hat Mikuza und zwei Küken gerissen«, höre ich Mutter weitersprechen. Ihre Stimme ist lauter als sonst, sie klingt hart und böse.
Mikuza, denke ich. Ausgerechnet Mikuza! Und dann: Wieso war die Tür auf?
»Wer hat es gemacht?«, frage ich.
»Du«, sagt Mutter kurz.
Ich? Wie kommt Mutter darauf?
»Nein!«, rufe ich. »Nein, Mutter! Ich habe …«
»Nur du kannst es gewesen sein«, unterbricht mich Mutter. Ihre Augen sind kalt wie Eis.
»Aber ich war es nicht, ganz bestimmt nicht«, stammle ich. Warum verdächtigt mich Mutter gleich? Warum lässt sie mich nicht erst erzählen? Das trifft mich am meisten. Habe ich denn meine Pflichten nicht immer gut erfüllt?
»Mutter«, beteuere ich nochmals, »ich hab das Schloss vorgehängt, als ich …«
»Gestern oder vorgestern«, fällt mir Mutter ins Wort. »Heute nicht.«
»Die Tür war auf«, sagt Puiu.
Ich blicke mich um. Puiu steht hinter mir. Er grinst. Er scheint sich zu freuen, dass diesmal ich und nicht er, wie vor einigen Monaten, bestraft werden soll.

Ich möchte ihn schlagen. Ich möchte auf Mutter zugehen und sie schütteln. Oder an dem Gitter des Hühnerstalls rütteln und die Hühner zum Reden bringen. Warum können die Hühner nicht sprechen? Sie wissen doch, dass ich das Schloss vorgehängt habe, wie jeden Tag. Aber Mutter glaubt mir nicht. Ich zittere. Vor meinen Augen stehen alle grauen Wolken, die es auf der Welt gibt. Ich weiß nicht, was nun werden soll.

»Aber ich war es doch nicht«, flüstere ich.

»Musst du noch lügen?«, fragt die Mutter.

Ich lüge nicht! Ich lüge nicht!, möchte ich schreien. Aber es würde nichts nützen.

»Vielleicht war Puiu …«

»Ich war in der Schule«, erklärt er und grinst. Ja, er kann lachen. Es ist nicht seine Sache.

»Oder Bunika hat ein Ei geholt«, versuche ich es noch.

»Puiu!«, sagt Mutter. »Bunika! Nein, du warst es!«

Tränen stehen in meinen Augen und mein Hals ist wie zugeschnürt. »Ich schwöre, dass ich …«

»Schweig jetzt!«, befiehlt Mutter schroff. »Geh in die Küche und warte auf mich!«

Bei diesen Worten macht Mutter eine Handbewegung, als wolle sie mir gleich ins Gesicht schlagen.

Ich bücke mich und stoße gegen den Brunnenrand. Den Arm vor den Augen, damit Mutter und der grinsende Puiu meine Tränen nicht sehen, so renne ich um die Ecke. Es war Puiu, denke ich. Oder Bunika. Ich war es doch nicht. Der Bussard hat Mikuza gerissen. Mikuza gerissen. Das ist ein noch größerer Schaden als die Katze im Brunnenschacht. In der Küche auf der Holzbank sitzt Bunika, die Großmutter.

Ich atme schnell wie nach einem langen Lauf. Und doch sind es nur der Kummer und der Zorn und die Beschuldigung, die mir im Halse stecken.

»Bunika!«, rufe ich hastig. »Bunika, warst du heute bei den Hühnern?«

»Heute nicht und gestern nicht. Mikuza, die arme Seele!«, murmelt Bunika. Ihre Augen blicken klein und listig, finde ich. »Also war's der Teufel. Oder vielleicht der Pope«, Bunikas Stimme klingt hämisch.
Mir rinnen Tränen die Wangen hinunter. Ich kann sie nicht mehr verdecken. Niemand glaubt mir. Niemand. Mikuza ist fort und ich soll schuld sein. Was wird jetzt sein? Jetzt und dann, wenn Vater heimkommt? Ich habe nicht gewusst, dass man solche Angst haben kann. Ich stehe in der Küche und weiß nichts anderes, als dass ich Angst habe und dass man mir Unrecht tut.
Durch die offene Küchentür sehe ich Puiu im Hof. Er hat die Hand voll kleiner Steine und schleudert sie gegen die Zaunlatten. Jedesmal, wenn er eine braune Latte trifft, jauchzt er: »Eia!« Er spielt und jubelt, als wäre bei uns nichts Schlimmes geschehen. Ich möchte hinrennen und ihn umstoßen.
Da kommt Mutter. In der Hand hält sie ein Büschel Federn. Lange, weiße Federn und kleine, gelbe Flocken.
Sie sagt nichts; sie hält sie mir nur hin. Die Überreste von Mikuza und den Küken.
»Federn«, murmelt Bunika halblaut. »Keine Eier mehr – nur Federn.«
»Geh in die Kammer und hol den Leinenbeutel, Annuzza!«, sagt die Mutter streng und blickt an mir vorbei zum Herd hin.
Ich mache einige Schritte auf sie zu.
»Mutter, bitte, glaub mir ...«
»Geh!«, sagt Mutter noch einmal.
»Mikuza ist gerissen, gerissen, gerissen ...«, singt Puiu auf dem Hof.
»Aber ich bin nicht schuld!«, rufe ich.
»Lügen sind wie Kreuze auf der Stirn«, sagt Mutter mit harter Stimme. »Tu, was ich dir gesagt habe.«
Langsam drehe ich mich um. Ich gehe durch die Feiertagsstube in die schmale Kammer, die ich mit Kuza teile. Über der Truhe, in der ich meine Sachen verwahre, hängt – wie in

jedem Raum unseres Hauses – eine kleine Ikone. Ich knie nieder und falte die Hände. Kann mir denn niemand helfen? Niemand? Mein Kopf liegt auf den Fingerspitzen. Die Hände sind heiß und nass und die Tränen rinnen unaufhörlich.

»Lieber Gott«, bete ich, »ich habe es nicht getan. Du weißt es. Bitte, lass Mutter es mir glauben. Bitte!«

Es ist still in der Kammer. Aber draußen singt Puiu immer wieder die gleichen Worte. Dazwischen klatschen die Steine an die Holzlatten.

Mutter wird jetzt in der Küche stehen und sie wird mich bestrafen. Der Leinenbeutel, den ich holen soll, liegt obenauf in der Truhe. Ich drücke den kalten Stoff gegen mein Gesicht und gehe zurück in die Küche.

»Da«, sagt Mutter, »hier hast du Brot und Speck. Es wird für drei Tage reichen.«

Was meint Mutter damit? Morgen ist doch die Klaka und …

»Du gehst zu Drago auf die Poiana[8]. Du gehst gleich und kommst erst in drei Tagen wieder«, sagt Mutter.

»Der Kukuruzschnitt ist morgen, Mamika[9] … Du hast mir doch versprochen, dass ich morgen …«

»Steck das Brot ein und geh, bevor Vater da ist! Der Kukuruzschnitt und die Klaka werden ohne dich sein, wie bisher immer«, sagt Mutter.

Es ist alles nicht wahr!, denke ich. Wahrscheinlich liege ich im Maisfeld und schlafe. Es ist nur ein hässlicher Traum. Aber der Beutel hängt an meinem Arm und die Brote darin sind schwer wie große Feldsteine.

Morgen will ich doch zur Klaka, Mutter hat es mir erlaubt. Ich will tanzen und singen.

»Auf der Weide ist es stiller als bei der Klaka«, sagt Mutter. »Du wirst Zeit haben zum Nachdenken, wie man einen Hühnerstall verschließt. Und du wirst den Schafkäse pressen und ihn ins Dorf mitbringen, in genau drei Tagen.«

»Ja, bei der Klaka ist's lustig; auf der Poiana ist's still«, ertönt Bunikas Stimme von der Bank her.

[8] *Poiana = Weide, Bergwiese.*
[9] *Mamika = Anrede für Mutter.*

»Es wird früh dunkel«, sagt Mutter. »Mach dich auf den Weg! Er ist weit.«
So werde ich fortgeschickt. Es hilft nichts. Ich liege eben doch nicht im Maisfeld und träume. Langsam verlasse ich die Küche. Die Bretter des Cerdaks knarren wie Bunikas Stimme. Draußen kreischt Puiu sein Lied wie ein Rabe. Das Gras ist grau von der langen Trockenheit.
Die Erde sticht meine nackten Sohlen.
Ich muss laufen, ganz schnell laufen, denke ich …

Auf der Poiana

Die Bergweide ist dem Himmel ein Stück näher als unser Dorf. Der Weg, der dorthin führt, hat es eilig, unser kleines Dorf zu verlassen. Er läuft schnurgerade zwischen mehreren Weizenfeldern auf den Buchenwald zu; dort verschwindet er zwischen den hohen Baumstämmen und tritt erst wieder auf der anderen Seite aus dem Wald, wo die grünen Almen beginnen.
Er hat es nicht leicht, dieser Weg, denn er muss tüchtig steigen. Und er ist auch viel einsamer als die anderen Wege rund um das Dorf. Nur selten wandert ein Bauer oder eine Bäuerin bergauf, um den Schafkäse zu holen, den Drago in seiner Koliba[10] bereitet.
Während des ganzen Weges denke ich an Mikuza und an das Unrecht, das mir angetan worden ist. Wenn ich zurückkehre ins Dorf, wird die Klaka schon vorbei sein; an der Dachkante über dem Cerdak werden die ausgeschälten Kukuruzkolben hängen wie dicke gelbe Wachskerzen. Und morgen, wenn alle auf dem Hof Hora oder Doina[11] tanzen, werde ich den Geigenklang nicht hören; nur das Rauschen der Buchen wird um mich sein und Dragos einsame Hirtenflöte.
Wieder spüre ich die Tränen über meine Wangen rinnen. Vielleicht wird Drago mir sagen können, wer die Tür des

[10]Koliba = Holzhütte.
[11]Doina = balladenartiges, rumänisches Lied.

Hühnerstalls geöffnet haben kann. Drago weiß so viel. Und manches ahnt er.
Im Wald ist es düster und still. Die Tiere regen sich nicht. Sicher halten sie sich jetzt im Unterholz verborgen und warten ab, bis der Wald wieder ihnen allein gehört. Ich schaue hinauf. Der blaue Nachmittagshimmel sieht aus, als sei er mit unzähligen grünen Buchenblättern bestickt. Die Baumspitzen neigen sich einander zu, sie verschränken ihre Äste wie die Mädchen und Jungen bei der Hora.

Komm, mein Mädchen, tanz mit mir
Hora zu der Geige!
Komm und sing und tanz mit mir,
bis die Nacht zur Neige ...!

Habe ich wirklich gesungen? Ich fahre mit der Hand über die Wange. Warum soll ich weinen? Der Wald ist doch wie eine Kirche.
In der Kirche weint man nicht, hat mir Mutter einmal gesagt. Nein, ich will nicht mehr daran denken, mich nicht mehr bemitleiden. Ich weiß doch, dass ich keine Schuld habe. Vielleicht werden es eines Tages auch Mutter und Bunika wissen.
Vor mir lichtet sich der Wald. Wie ein mächtiger grüner Kranz auf hellem Haar, so umschließt der Buchenwald die Poiana. Über das sanfte Wogen der vielen Schafrücken gleitet mein Blick zu der wetterbraunen Koliba am Waldrand. Wo ist Drago?
Auf halbem Weg vom Wald zur Hütte erblicke ich ihn. Auf seinen festen Hirtenstab gestützt, sitzt er vorgebeugt auf seiner Holzbank vor der Koliba.
»Buna seara[12], Drago!«, rufe ich, so laut ich kann.
Er hebt bedächtig den Kopf und schaut mir entgegen. Ob er sich wohl freut, dass jemand in seine Einsamkeit zu ihm kommt?
»Hej, Annuzza«, sagt Drago, als ich die Koliba beinahe erreicht habe. »Hat dich der Wind zu mir heraufgeweht?«
»Nicht der Wind«, antworte ich. »Der Bussard.«

[12]*Buna seara = guten Abend.*

»Welcher Bussard?«, fragt Drago. Er ist aufgestanden. Groß und hager steht er vor mir. Den Cojok[13] hat er um die Schultern gehängt und auf dem weißen Haar trägt er eine hohe, spitze Caciula[14] aus weißem Lammfell. Sein Gesicht ist zerfurcht und seine Augen sind blaugrün und lebendig. Früher, als ich noch kleiner gewesen bin, habe ich Drago gefürchtet, denn seine Nase ist lang und gebogen, ähnlich dem spitzen Schnabel eines Raubvogels. Vor Raubvögeln habe ich immer schon Angst gehabt. Und heute hat einer von ihnen Mikuza gerissen und mir so viel Kummer gemacht.
Nun erzähle ich Drago davon und unwillkürlich werden meine Augen wieder nass.
»Tränen«, sagt Drago, »sind meist nur der Ausdruck des Mitleids mit sich selbst.« Er schaut mich verschmitzt an. »Hast wohl den Hühnerstall nicht versperrt, wie?«
»Doch, Drago, natürlich! Aber Mamika glaubt es mir nicht.«
»No«, sagt Drago. »Du wirst es schon gewesen sein. Hast es wohl nur vergessen?«
»Nein, Drago, nein!«, rufe ich. »Ich weiß nur nicht, wer es war. Kannst du es mir nicht sagen? Du weißt so viel, Drago.«
»Ich weiß, dass der Tag lang ist und die Nacht noch länger. Ich weiß, dass die Schafe manchmal klüger sind als die Menschen. Aber wer den Hühnerstall offen gelassen hat, das weiß ich nicht …«
»O Drago«, bitte ich und lege beide Hände um seinen Arm. »Denk doch nach!«
»Wenn ein Hirte am Krückstock gehen muss, laufen ihm selbst die Schafe davon«, murmelt Drago. »Und wenn man gar nichts weiß, kann man die Wahrheit selten erkennen.«
»Es kann aber nur jemand getan haben, der unseren Hühnerstall kennt, Drago.«
»Oder ein Zigeunerkind«, meint Drago. »Die finden alles, selbst den Fuchs im Bau.«
»Drago!«, rufe ich aufgeregt. »Na sicher! Ein Zigeunerkind! Ich muss zurück ins Dorf und werde es Mamika sagen. Es

[13] *Cojok = Schafpelz, rumänische Bauernkleidung.*
[14] *Caciula = Pelzmütze.*

war ein Zigeunerkind!« Ich drehe mich um. Ich will nach Hause. Jetzt wird alles gut.
Aber Drago hält mich fest. »Sicher ist es nicht, Annuzza. Es könnte nur sein. Es kann aber auch nicht sein. Die Burda wird dir nicht glauben.«
Meine Hände sinken schwer hinab. Drago hat Recht. Mutter wird es mir so wenig glauben wie all meine Beteuerungen. Und beweisen kann ich nichts. »Aber es ist doch ein Unrecht, Drago«, murmele ich verzweifelt.
»Wenn es ein Unrecht ist, musst du es tragen – so wie der Pope seinen Talar trägt oder der Moische[15] den Kaftan. Jeder Mensch erleidet Unrecht, so wie er Unrecht begeht. Du musst es lernen.«
Ich höre die Worte, aber ich verstehe sie nicht.
»Komm, Annuzza!«, sagt Drago. »Setz dich zu mir auf die Bank.« Er greift in seine Gürteltasche und holt seine Flöte hervor. Im Dorf sagt man, Drago habe sie selbst geschnitzt und ihr Klang sei unverkennbar.
Er setzt das Instrument an die Lippen und spielt. Es ist weder ein Lied noch eine Melodie. Aber ich glaube, die Schafe heben lauschend ihre Köpfe. Was ich höre, ist das Rauschen des Windes, das Singen der Vögel und das Läuten unzähliger kleiner Glocken. Und es ist doch nur Dragos Flöte.
Bald geht die Sonne unter und die Schatten der Bäume gehen lautlos über in die Dunkelheit des Abends. Drago setzt die Flöte ab. »Wir wollen essen, Annuzza«, sagt er und führt mich in die Koliba.
Auf dem kahlen Tisch der Koliba steht ein Krug mit Schafmilch. Ich hole Brot und Speck aus meinem Beutel.
Drago zündet die Naphthalampe an. Sie hängt über der offenen Feuerstelle an einem Haken und pendelt hin und her.
Der Raum, den sie erhellt, ist klein und einfach. Die Wände sind aus rohen Holzstämmen gezimmert und nicht beworfen. An der einen Wand stehen zwei Holzpritschen mit gelben Strohsäcken. Um den Tisch herum läuft eine rissige Bank.

[15]*Moische = jüdischer Dorfkrämer.*

Über der Feuerstelle baumelt an einer schwarzen Eisenkette ein runder Kupferkessel, der blank und goldrot glänzt, wenn der Schein der Naphthalampe ihn trifft. Und in der Ecke an der Wand hängt eine kleine Ikone.
Ich fühle mich wohl in dem Raum. Neben mir sitzt Drago. Aber ich spreche nicht mit ihm.
Meine Gedanken ziehen mich nach Hause. Dort werden sie jetzt auch beim Abendbrot sein. Ich aber bin nicht dabei. Fortgeschickt und bestraft, denke ich. Das Brot schmeckt trocken. Ganz anders als zu Hause. Ich habe keinen Hunger, trotz des weiten Weges, der hinter mir liegt.
»Iss doch und trink, Annuzza!«, sagt Drago.
Seine Stimme ist warm. Ich blicke ihn an. Er hat den Oberkörper weit über den Tisch gebeugt und seine Arme liegen um den Teller mit dem Brot. Wie lang und weiß sein Haar ist!, denke ich. Es reicht ihm beinahe bis zur Schulter.
Ich weiß nicht warum, aber ich könnte ihn immerzu ansehen.
»Ich werde dir eine Geschichte erzählen, Annuzza«, sagt er plötzlich. »Mag sein, dass du meine Worte vom Unrecht dann verstehst.«
Woher weiß Drago, dass ich ihn vorhin nicht verstanden habe? Ob er alles errät, was ich denke?
»Als ich so alt war, wie du es jetzt bist«, sagt er, »gab es noch keine Schule bei uns auf dem Dorf. Wir Kinder arbeiteten auf den Feldern und im Haus wie Knechte. Im Herbst machte ich mir einen Spaß daraus, Kürbisse aus fremden Feldern zu holen; wir selber hatten keine. Ich höhlte sie aus und schnitzte auf ihre Oberfläche die Gesichter der Bauern, die mich beschimpft und bestraft hatten, weil ich ihnen nicht schnell genug war bei der Arbeit. Und die geschnitzten Kürbisse stülpte ich dann auf Zaunpfähle. Alle Dorfbewohner konnten sie sehen. Manches Gesicht gelang mir so gut, dass jeder den Bauern erkannte, den ich gemeint hatte. Ich wurde dabei niemals erwischt, aber alle wussten, dass ich die Kürbisse stahl und zurechtmachte.

Ja, und dann verschwand eines Tages aus der Küche des Bauern, der mich besonders schlecht behandelte, eine alte Ikone. Der Bauer tobte, er ließ mich holen und erklärte, ich hätte die Ikone gestohlen. Aber ich hatte es nicht getan. Vergeblich versuchte ich mich zu verteidigen.
Eine ganze Reihe von Dorfbewohnern rottete sich zusammen. Sie alle hielten mich für den Dieb; sie sagten, ich würde ja auch dauernd Kürbisse stehlen. So zogen sie zu unserer alten Koliba am Dorfrand und forderten meine Eltern auf, sie einzulassen. Sie wollten unsere Hütte durchsuchen, um die Ikone zu finden.
Ihr Suchen war nutzlos. Die Ikone blieb verschwunden. Ich aber war verfemt; niemand holte mich seitdem zu einer Arbeit. Tagsüber versuchte ich auf eigene Faust, die Ikone und den Dieb ausfindig zu machen, nachts lag ich auf meinem Holzbett neben dem Herd in der Küche und weinte. Wo immer ich auch auftauchte, wurde ich nur der ›Dieb‹ genannt. Bald hielt ich es in dem Dorf nicht mehr aus. Meine Eltern sprachen nicht mit mir; auch sie zweifelten an meiner Ehrlichkeit. So schnürte ich eines Tages mein Bündel und zog fort, in die Stadt.
In der Stadt, so dachte ich, würde mich niemand kennen und niemand für einen Dieb halten. Ich wollte etwas werden und eines Tages stolz ins Dorf zurückkehren …« Drago verstummt. Sekundenlang sitzt er schweigend da. Seine Augen sehen mich nicht und sie scheinen auch den Raum nicht zu sehen, in dem wir nebeneinander sitzen. Die Naphthalampe bewegt sich kaum mehr, der Raum liegt im Halbdunkel.
Ich hocke mit angezogenen Beinen auf der harten Bank. Mein Herz klopft, als wäre Dragos Geschichte meine eigene. Es ist mir, als stünde der kleine Drago vor mir, verzweifelt und verlassen. Er sieht aus wie Puiu, und seine Mutter hat ein ebenso hartes Gesicht wie Mamika heute, als sie mich auf die Poiana schickte. Die Stadt – vielleicht sollte auch ich fort in die Stadt …

»Erzähl weiter, Drago! Wie war es in der Stadt?«
»In der Stadt?«, wiederholt Drago leise, als spräche er zu sich selbst und nicht zu mir. »In der Stadt war alles groß und fremd. Niemand nannte mich einen Dieb, aber niemand sagte Drago zu mir. Keiner gab mir ein Stück Brot, und das Pflaster war zu hart, um darauf zu schlafen.
Wo immer ich Arbeit suchte, fragte man mich, was ich eigentlich könne. Ich konnte nur Unkraut jäten, Kühe hüten, Getreide mähen, harken und Kukuruz schneiden. Aber das brauchte man nicht in der Stadt. Die Menschen dort sprachen viel. Viel mehr als die Bauern bei uns auf dem Dorf. Aber ich musste lange nachdenken, um zu erkennen, was sie eigentlich meinten. Ich hungerte und fror. Ich trug die Koffer der Reisenden vom Bahnhof zu den Fiakern. Schließlich wurde ich ein Schuhputzer. Mit achtzehn kam ich zum Militär und sie sagten, ich sei ein guter Soldat. Ich lernte sogar etwas Schreiben und Lesen.
Als ich wieder entlassen wurde, kehrte ich ins Dorf zurück. Das Unrecht, das mir als Junge geschehen war, hatte ich nicht vergessen, aber ich hatte es vergeben. Ich hatte in der Stadt gelernt, Unrecht zu ertragen.
Unsere Koliba war noch zerfallener als vor Jahren. Vater lebte nicht mehr, und Mutter war halb erblindet – aber das Glänzen, das über ihr Gesicht lief, als ich heimkam, das werde ich nie vergessen. ›Drago‹, sagte sie mit zitternder Stimme, ›Drago, warum kommst du so spät? Sie haben die Ikone gefunden, bald nachdem du fortgegangen bist – sie war bei den Zigeunern …‹«
»Und dann, Drago? Haben sie dich um Verzeihung gebeten, die Bauern?«
»Verzeihung? Was ist das? – Nein, sie hatten mich alle schon fast vergessen. Kaum einer erinnerte sich an die Ikone. Ich wurde Schafhirte. Ich hatte meine Tiere, die Flöte, ich hatte viele Gedanken, Lieder und die Gedichte von Goga. Und ich hatte gelernt, dass man nichts wird, wenn man nichts kann.«

»Aber du bist doch ein guter Hirte geworden, Drago«, sage ich und schiebe mich näher zu ihm heran.
»Das wäre ich wohl auch geworden ohne die zehn Jahre in der Stadt, Annuzza. Wenn du in die Stadt willst, musst du lesen können und schreiben. Und lernen, viel lernen.«
»Aber ich will doch gar nicht …«
»Ach, fast jeder will mal fort aus dem Dorf und in die Stadt. Du wirst es auch noch wollen, gerade du.«
Ob ich in die Stadt will, das weiß ich noch nicht genau. Aber ich weiß, dass ich lernen will, Schreiben und Lesen und Unrecht ertragen.
»Wir müssen Naphtha sparen. Geh schlafen, Annuzza!«, sagt Drago und steht auf. »Dieser Tag soll sein Ende haben.«

Die halbe Woche auf der Poiana verging viel schneller, als ich es gedacht hatte.
Nach seiner langen Erzählung redete Drago kaum ein Wort mehr als notwendig. Zuweilen holte er seine Flöte hervor oder ein Gedichtbändchen von Octavian Goga, das er unter seinem Strohsack aufbewahrte. Es war das einzige Buch, das er besaß. Zuweilen sprach er die Gedichte vor sich hin und dann erging es mir jedes Mal gleich. Ich legte mich ins Gras zu seinen Füßen, ließ die Sonne durch die gespreizten Finger mit meinem Gesicht spielen und hörte ihm zu.
Meine Gedanken liefen mir nicht mehr davon ins Dorf, zum Kukuruzschnitt oder zur Klaka. Sie blieben oben auf der Poiana, bei Drago, bei den Schafen und bei dem Dichter Goga.
»Weißt du, woher Goga kommt?«, fragte ich Drago am zweiten Tag.
»Er stammt aus einem kleinen, armen Dorf im Regat[16]. Er war ein Dorfkind wie du und ich. Aber er hat viel gelernt und es ist etwas Großes aus ihm geworden.«
Er ist ein Bauernkind wie ich. Er hat gelernt, und es ist etwas Großes aus ihm geworden, wiederholte ich seitdem Dragos Worte in Gedanken immer wieder.

[16]Regat = Bezeichnung für das rumänische Staatsgebiet vor dem ersten Weltkrieg.

Ich nahm mir vor, die Gedichte auswendig zu lernen, so gut, wie Drago sie kannte. So bat ich ihn um das Buch und er gab es mir wie eine Kostbarkeit. Die Seiten waren zerdrückt und grau vom vielen Blättern.
Bisher hatte ich nur mein Schulbuch gehabt – nun hielt ich einen Gedichtband in den Händen.
Ich las einen Vers nach dem anderen. Den Inhalt und den Sinn verstand ich nicht immer, aber die Worte hatten den Klang von Dragos Flöte.
In der Hand hielt ich das Büchlein. Ich war einmal in einem Zirkus gewesen. Dort trat ein Zauberer auf; mit einem dünnen Stab verwandelte er eine Maus in eine Taube. Ein solcher Zauberer war in meinen Augen auch Goga. Seine Gedichte erzählten mir vom Leben in der Stadt und über seinen Versen träumte ich davon, zwischen hohen Steinhäusern zu stehen. Ich, die kleine Annuzza Burda, war von Goga in ein Stadtkind verzaubert worden. Meine Wangen glühten. Ich vergaß das Melken der Schafe. Die Zeit verrann.
»Annuzza, der Tag hat viele Stunden zum Träumen, aber er soll auch Stunden der Arbeit haben.« Drago stand vor mir, hoch und gerade wie ein Baum.
»Ja, Drago«, sagte ich und lief in die Koliba, um den Eimer für die Milch zu holen. Auch beim Melken dachte ich an ein Gedicht. Ich versuchte es aufzusagen. Jeden Vers aus dem abgegriffenen Buch wollte ich mir merken.
Am dritten Tag musste ich gemeinsam mit Drago den Schafkäse zwischen zwei schweren Brettern pressen. Drago legte einen Holzring um den Käse, dass er rund wurde wie ein Rad. An diesem letzten Tag fand ich keine Zeit mehr zum Träumen. Ich musste Drago helfen. Ich melkte die Schafe, schöpfte die Milch ab, kochte mittags Mamaliga in dem baumelnden Kupferkessel und schnitt abends die Brote auf.
So war die Sonne dreimal untergegangen und dreimal aufgestiegen, ehe ich wieder mein Bündel packte. Drago schlug das Käserad, das ich ins Dorf bringen sollte, in feuchte

Tücher ein. Vorsichtig legte er es mir über ein kleines Polster auf den Kopf. Dann begleitete er mich vor die Koliba. »Mach's gut, Annuzza!«, sagte er. »Der Bussard wird noch oft eine Henne reißen, ehe du still und so alt bist wie ich ...« Aufrecht stand er vor der Hütte und blickte mir nach, als ich den Weg zurückging, den ich vor drei Tagen gekommen war. Es war derselbe Weg und doch schien er mir verändert. Oder sollte ich mich in diesen drei Tagen gewandelt haben? Neben mir ging Drago, der kleine Drago und der alte, kluge Hirte mit seiner Geschichte. Auf der anderen Seite aber wanderte Goga neben mir her. Ich war nicht allein wie auf dem Weg hinauf zur Poiana.

Mein Herz war leicht. Es hatte ein Ziel: Ich wollte lernen und eines Tages auch in die Stadt ziehen, aber wie Goga, nicht heimlich und unwissend wie Drago damals.

Draußen, vor den gelben Feldern
und den satten Wäldern,
dort, wo der Horizont keine Ferne,
nur Schatten hat,
dunkle und schwere:
dort ist die Stadt.
Drinnen aber zwischen den Mauern,
die auf uns Fremde lauern,
da hat das Leben Gestalten in Fülle,
arme und reiche,
dumme und kluge,
und nicht alle sind satt ...

Mit einer Hand hielt ich das Käserad auf meinem Kopf. Es schwankte leicht bei jedem Schritt. In der anderen trug ich den leeren Leinenbeutel. Ich achtete kaum auf den Weg, ich achtete nur auf den Klang und die Worte dieses Gedichtes, das ich leise vor mich hin sprach, immer wieder.

»Draußen, vor den gelben Feldern ...«

Dann tauchte das Dorf vor mir auf. Klein und geduckt wie bunte Maulwurfshügel standen die Häuser der Dorfstraße nebeneinander. Der Kirchturm reckte sich über sie hinaus, als wollte er mehr sehen als die Bauernhäuser. Aus einigen Schornsteinen stieg Rauch auf und vermengte sich mit dem Blau des Himmels.

Ob Mutter noch immer böse sein wird auf mich? Und Vater? Ich ging langsamer. Nun war alles wieder nahe: der Bussard, Mikuza und meine Strafe. Aber eigentlich war es keine Strafe gewesen.

So dachte ich und wusste in diesem Augenblick nicht, dass ich später einmal dem Bussard sogar dankbar sein würde, weil ich seinetwegen auf die Poiana musste – zu Drago, den Schafen und zu dem Dichter Goga.

Wer einen Korb oder ein Käserad auf dem Kopf trägt, muss auf den Fußspitzen federn und den Hals ganz steif machen. Gleich bin ich da. Meine nackten Füße schmerzen und mein Arm ist lahm. Ein kurzes Stück Weges zwischen wilden Obstbäumen trennt mich noch von unserem Hof.

Klack!

Etwas Hartes prallt gegen das Käserad und bringt es ein wenig aus dem Gleichgewicht. Was ist das gewesen?

Ich bleibe stehen und hebe das Rad vom Kopf. Ein schalkhaftes Gelächter ertönt über mir aus dem Blättergewirr des Apfelbaumes. Puiu. Das hätte ich mir gleich denken können. Ehe ich schimpfen kann, ruft Puiu: »Na, bist du wieder da, Annuzza? Alle warten schon auf den Käse.«

»Wenn auch du darauf wartest, kannst du ihn jetzt ins Haus tragen«, sage ich.

»Tu ich«, ruft Puiu und springt auf den Boden, »damit dir der Käse nicht vor Schreck vom Kopf fällt, wenn du Vaters Gesicht siehst!«

»Warum?«, frage ich.

Aber Puiu gibt mir keine Antwort. Wie ein Wiesel rennt er mit dem Käserad in beiden Händen vor mir her.

»Sie ist da!«, höre ich ihn in die Küche hineinschreien, als ich in den Hof einbiege.

Auf der Bank hinter dem Esstisch sitzt Vater schwer und breit wie ein Holzklotz. Aus seiner langen Pfeife steigt dichter Qualm, sodass ich sein Gesicht kaum erkennen kann. Mutter steht am Herd und rührt mit ausholenden Bewegungen in einem Topf.
»Wahrhaftig, die Annuzza!«, klingt Bunikas Stimme aus einer Ecke. Sehen kann ich sie nicht in dem dichten Rauch von Vaters Pfeife.
»Hast du vielleicht Mikuza mitgebracht?«, fragt Vater mit lauter Stimme.
»Lass sie in Ruhe!«, sagt Mutter.
»Sie hat den Käse mitgebracht«, sagt Kuza. Ich erblicke sie jetzt erst. Sie lehnt an der Tür zur Feiertagsstube und schaut mich freundlich an.
»Käse! – Käse! Was sollen wir mit dem Käse, wenn wir Mikuza brauchen!«, schreit Vater und erhebt sich. »Du wirst arbeiten, den ganzen Winter über, damit wir uns im Frühjahr von deiner Arbeit eine andere Mikuza kaufen können. Hast verstanden?«
Wenn Vater schreit, hört man es über den ganzen Hof, und im Stall spitzen die Pferde die Ohren. Ich ziehe den Kopf ein und bin ganz klein. Bin ich schon jemals so klein gewesen?
»Ja, Vater«, sage ich. »Ich werde arbeiten.«
»Ruhe jetzt, Burda!«, ruft Mutter vom Herd her Vater zu. »Von dem Geschrei wird Mikuza nicht wieder lebendig und Annuzza wird schon tun, was wir ihr sagen.«
»Sie wird …, sie wird«, ertönt Bunikas murmelnde Stimme. »Und der Winter ist lang.«
Ich wollte noch sagen: Drago meint, es hätte ein Zigeunerkind den Stall geöffnet, vielleicht. Aber ich sage gar nichts. Man muss Unrecht ertragen, klingt es in meinen Ohren.
Bunika hat Recht, der Winter ist lang – aber nicht nur zum Arbeiten. Auch zum Lernen und Lesen und Träumen.
Bei uns auf dem Dorf gleicht der Winter einem schützenden Dach. Er schließt die Menschen, die sonst den ganzen Tag

über draußen auf den Feldern sind, in einem Raum zusammen. Nicht, dass die Hände untätig ruhen. Aber sie verrichten andere Arbeit.
Jeden Nachmittag zündet Mutter die Naphthalampe an. Sie hängt in der Mitte der Decke und wirft einen runden Schein über uns. Dieser Lichtschein schließt uns ein wie eine glückliche Familie. Das ist in jedem Winter so, auch in diesem. Aber zum ersten Mal denke ich darüber nach, ob wir wirklich eine glückliche Familie sind.
Selten genug geschieht es, dass einer von uns spricht. In der Küche ist es still wie jetzt draußen auf den Feldern, auf denen der Schnee wie ein dickes, weißes Wolltuch die nächste Ernte schützt. Und es ist trotz des Feuers kalt in dem Raum, weil keiner den anderen mit ein paar Worten wärmt.
Früher habe ich es nie so empfunden. Aber nun, nachdem ich bei Drago auf der Poiana gewesen bin und gespürt habe, wie gut man mit Worten wärmen und helfen kann, weiß ich es genau: Jeder von uns ist allein. Jeder hat seine eigenen Gedanken und sein eigenes Leben, auch an den gemeinsamen Winternachmittagen.
Oft blicke ich zu Mutter hin. Sie sitzt meist zwischen Kuza und mir an unserem alten Spinnrad. Mit einer Hand hält sie die Hanf- oder Flachsfäden fest, mit der anderen dreht sie das Rad. Aus den vielen einzelnen Fasern entstehen die Leinenfäden für die Hemden, die wir tragen sollen. Manchmal sehe ich auch zu Kuza hin. Sie knüpft an einem Teppich. Wenn sie einmal heiratet, wird er in ihrer Feiertagsstube liegen, dieser Teppich. Die Wolle stammt von unseren Schafen, die Drago auf der Poiana hütet. Und Vater hat die Wolle mit Pflanzenfarbe eingefärbt.
Ich sticke an diesen Nachmittagen. Aber es ist keine Katrinza für die Feiertage und auch kein Hemd, das ich in meine Truhe legen kann. In der Hand halte ich ein viereckiges Leinenstück. Mit einer feinen Nadel sticke ich ein buntes, dichtes Muster auf die helle Fläche. In einem Körbchen neben mir

sind die verschiedenfarbigen Garne dazu. Ich arbeite an einer Tischdecke. Es ist die zweite, die ich in diesem Winter besticke. Zwei weitere sollen noch folgen.
Mutter wird sie im Frühjahr in die Stadt bringen und als Osterdecken verkaufen. Von dem Erlös hofft Vater eine neue Leghenne kaufen zu können.
Vater und Puiu schnitzen oder töpfern in der Fensterecke. Alle arbeiten an diesen Nachmittagen. Nur Bunika hockt mit vorgezogenen Schultern auf ihrem Platz unter der Ikone und lässt ihre zusammengekniffenen Augen prüfend von einem zum anderen wandern. Ab und zu sagt sie: »Leg Holz nach, Puiu, es wird kalt!«
Manchmal bin ich auch eine Weile allein in der Küche; dann schaue ich von meiner Arbeit auf und blicke hin zu dem Holzbrett neben dem Küchenfenster. Dort liegt eine bläuliche Glaskugel, die Vater aus seiner Militärzeit mitgebracht hat. Durch das dicke Glas sieht man mehrere winzige Häuser, eine Kirche und eine Straße, auf der ein bespannter Schlitten steht. Zuweilen hole ich die Kugel vom Brett und schüttle sie. Dann beginnt es hinter dem Glas zu schneien. Kleine, silbrige Flocken fallen auf die Dächer, auf den Schlitten und die Pferde.
Vaters Glaskugel ist mir immer wie ein Wunderwerk erschienen. In diesem Winter aber wird sie mir besonders lieb. Ich spinne meine Träume um sie herum, wie Mutter die Fäden zu einem Leinenstück webt. So mag es in der Stadt sein, wenn es schneit, denke ich, sooft ich die Glaskugel in der Hand halte. Ich sehe mich in den Schlitten steigen, durch die Straßen fahren und höre die kleinen Glocken an dem Geschirr der Pferde. So mag es in der Stadt sein, wenn es schneit. Ob auch ich ihn einmal erleben werde – den Winter in der Stadt, mit Schnee auf hohen Dächern und auf dem Pflaster der Straßen? Ich stelle es mir so schön vor.
Zwischen Arbeit und Träumen blieb mir in diesen Wochen wenig Zeit zum Lernen. An manchen Abenden tat ich es

heimlich, wenn der Mond hell wie eine Lampe in unsere Kammer schien. Kuza schlief natürlich längst, und aus der Schlafkammer der Eltern tönte Vaters lautes Schnarchen. Ich aber lernte dann. Oder ich lag noch ein Weilchen mit offenen Augen in meinem Bett und sprach leise Verse von Goga vor mich hin.

Eines Tages, kurz vor Weihnachten, merkte ich zum ersten Mal, dass mein heimliches Lernen sinnvoll war. Ganz unerwartet erfuhr ich das. Es begann damit, dass Mutter mir gestattete, an einem Arbeitsnachmittag mit den anderen Kindern in die Schule zu gehen. Wir sollten Lieder für das Weihnachtssingen üben. Darüber hinaus geschah noch etwas, was zunächst nur meine Träume nährte, später freilich mein Leben in eine neue Richtung führte.

Ich war sehr ungeduldig an diesem Tag.

Gleich nach dem Mittagessen faltete ich die Handarbeit zusammen, um sie in den Korb zu den Garnen zu legen. Neben dem Herd standen meine Opanken[17]. An einem Haken neben der Tür zum Cerdak hing mein Schafpelz. Im Winter trage ich meist Opanken und Pelz. Es ist herrlich, mit den Füßen, die in schwarzen Wollstrümpfen stecken, in die vorgewärmten Schuhe zu schlüpfen.

Als ich nach dem Pelz griff, schaute Bunika neugierig auf.

»Wohin willst, Annuzza?«, fragte sie.

»Annuzza geht zum Weihnachtssingen in die Schule«, sagte Mutter.

»Wenn sie singt, werden die Fäden im Korb ruhen und die Tischdecke wird weiß bleiben«, meinte Bunika.

»Wenn Annuzza nicht singt und wenn auch die anderen Kinder zu Hause bleiben, wird die Freude vor der Tür stehen und Weihnachten wird ohne Stern sein«, sagte Mutter.

»A Revedere!«[18], rief ich ihnen zu. Dann schlüpfte ich durch die Tür auf den Cerdak und ins Freie.

Zwischen zwei hohen Schneewänden lief ich den ausgeschaufelten und festgetretenen Weg entlang ins Dorf. Bald

[17]Opanken = lederne Bundschuhe, Sandalen aus einem Stück Leder.

[18]A Revedere = auf Wiedersehen.

konnte ich die Uhr sehen. Sie leuchtete wie eine helle Sonnenblume mitten im Kirchturm. Ich hatte noch viel Zeit. Die ganze Schule würde mir allein gehören. Ich freute mich darauf. Seit ich mit einem Ziel lernte, war die Schule für mich ein zweites Zuhause geworden.
Unsere Schule ist ein flaches weißes Haus, das sich äußerlich wenig von den anderen Dorfhäusern unterscheidet. Zwei Stufen führen zur Eingangstür.
Auf einer dieser Stufen hockte Babull, wie wir Schulkinder ihn nennen, ein alter Mann. Sein Haar ist grau, lang und immer so zerzaust, als wäre der Wind gerade eben hindurchgefahren. Babull hat kein Zuhause; sein einziger Besitz ist seine Kleidung. Er schläft auf einem Wollteppich im Schulgang und hat die Klassenzimmer sauber zu halten.
»Hej, Annuzza, wohin gehst denn jetzt?«, fragte Babull, als ich an ihm vorbei in die Schule wollte.
»Zum Weihnachtssingen«, antwortete ich.
»Da hast du noch viel Zeit. Der Zeiger muss sich noch einmal rund um die Scheibe drehen«, meinte Babull.
»Das macht doch nichts«, sagte ich. »Ich werde lesen und warten, bis die anderen kommen. Die Zeit vergeht schnell.«
»No, du sprichst ja fast wie der Herr Morianu«, sagte Babull und schüttelte erstaunt den Kopf.
Herr Morianu ist unser Lehrer. Er stammt aus der Stadt und trägt einen grauen Anzug wie die Leute dort. Gewöhnlich hat er ein gelbes Hemd an und dazu sogar eine Krawatte.
Vater sagt zwar oft, Herr Morianu täte besser daran, Bauernkleidung zu tragen, ein Stadtanzug passe nicht in eine Dorfschule. Vater ist eigentlich gegen alles, was aus der Stadt kommt. Aber mir gefällt es. Warum soll Herr Morianu ein Leinenhemd anziehen, Leinenhosen und einen Ledergurt, wo er doch kein Bauer ist und auch gar nicht aus unserem Dorf stammt?
Nein, er ist ein richtiger Herr aus der Stadt; er spricht auch anders als wir.

Ich öffnete die Schultür. Der lange Gang war leer und still. So hatte ich ihn noch nie gesehen. Rechts und links liegen je zwei Klassenzimmer, und am Ende des Ganges ist die hohe Tür, die sich für uns Schulkinder nur selten auftut. Dahinter befindet sich das Lehrerzimmer.

Rechts die erste Tür führt in meine Klasse. An der Klinke baumelt heute ein Pappschild mit der Aufschrift »Weihnachtssingen«. Langsam trete ich ein.

Auch hier ist es leer und still. Ich gehe auf den Fußspitzen, als müsste ich mich verbergen. An meinem Platz in der ersten Bankreihe schlüpfe ich vorbei zum Katheder. Von hier aus sieht die Klasse ganz anders aus, stellte ich verwundert fest. Jetzt bin ich die Lehrerin. Und ich bin eine gute, eine gerechte Lehrerin. Die Fotografien der größten Städte unseres Landes an der Wand hängen schief. Ich laufe hin und rücke sie zurecht. Dann setze ich mich auf den Stuhl vor dem Katheder und recke mich.

In der ersten Bank sitzt also diese Annuzza Burda. Aus dem Mädchen kann noch mal was werden, überlege ich – und dann muss ich über mich selbst lachen.

Der Platz neben Annuzza gehört Maria, der Tochter des Tischlers Petrescu. Die Maria ist zu eitel, und ehrgeizig ist sie auch. Heute Morgen ist sie doch tatsächlich mit schwarzen Lederstiefeln angetanzt gekommen. Sie hat sich gedreht, als wollte sie Hora tanzen, und sich damit gebrüstet, dass sie als Einzige Stiefel habe. Ihr Vater hat sie aus der Stadt mitgebracht. Nicht einmal ich, die Lehrerin, habe solche Stiefel. Nein, die Maria ist wirklich eitel. Dabei kennt sie nicht einmal die Gedichte von Octavian Goga.

»Maria!«, rufe ich. »Komm zur Tafel und sag uns das Gedicht von Octavian Goga auf! – Welches, fragst du? Natürlich das Stadtgedicht!« Sie kann es nicht. Ich habe es ja gleich gewusst. Nun muss ich ihr eine schlechte Note geben. Es ist schade um Maria!

Und dann die Sache mit dem elektrischen Licht.

Bei uns auf dem Dorf gibt es keine Elektrizität. Überall brennen Naphthalampen oder Kerzen. In unserer Klasse hängen die Lampen rechts und links von der Tafel. Aus der Kathederlade hole ich ein Streichholz und zünde die in Petroleum getauchten Dochte an.
»Das Licht ist traurig«, sage ich. »In der Stadt brennen in jeder Schule und in jedem Haus elektrische Birnen. Wisst ihr, was das ist?«, frage ich meine Schüler.
Oh, wie sie dasitzen! Stumm und dumm. Nein, doch nicht. Da meldet sich ja einer, natürlich, der vorlaute Marcel. Sein Vater ist der Bürgermeister, und Marcel glaubt sich darauf etwas einbilden zu müssen. Marcel ist der Größte der Klasse. Mag sein, dass er deshalb bei jedem Spiel der Anführer der Jungen ist. Ich muss zugeben, er macht es immer geschickt und richtig. Leider ist er ein wenig hochmütig und verschlagen. Vielleicht liegt das aber daran, dass er der Nachfahre eines Hunnenfürsten ist – wie er behauptet.
Das kann übrigens stimmen. Seine Augen sind etwas schräg in das lange, hochstirnige Gesicht gestellt, und sein Haar leuchtet rötlich wie das Fell eines Fuchses.
»Nun, Marcel«, frage ich ihn, »was willst du uns mitteilen?«
»Die elektrische Birne ist eine Glaskugel, die aufleuchtet, wenn man auf einen Knopf drückt«, erklärt er.
»Nein, nein, ganz so ist es nicht«, sage ich. Die Lehrerin muss es besser wissen. Und ich bin hier die Lehrerin.
Ah, nun meldet sich die Annuzza. Sie ist eine gute Schülerin und wird es vielleicht genauer sagen können.
»Nun, Annuzza, was meinst du dazu?«, frage ich.
Annuzza steht auf. Sie ist gewachsen in letzter Zeit.
Und vielleicht wird sie doch einmal so hübsch wie ihre große Schwester, die Kuza. Der Marcel wird immer ganz rot, wenn Annuzza mit ihm spricht. Das habe ich in letzter Zeit schon öfter bemerkt.
»Die Elektrizität läuft durch viele Drähte von einem Kraftwerk bis in jedes Haus. Nur wenn diese Drähte da sind, wird

die Birne hell, sobald man an einem Knopf dreht«, erklärt Annuzza.
»Sehr gut, Annuzza!«, lobe ich sie. Ja, das muss ich. Eine gute Lehrerin soll auch loben können, überlege ich. Und die Annuzza verdient es.
Dann ist das schöne Spiel plötzlich aus …
Eine Tür knarrt. Ich höre Stimmen und erwache aus meinem Traum. Neben dem Katheder steht das Harmonium. Der Lehrer hat es für den heutigen Nachmittag zum Weihnachtssingen aus der Kirche holen lassen. Ich schlage eine Taste an, wie Herr Morianu es tut. Ein verlorener Ton klingt auf, wie der Ruf eines Käuzchens in der Nacht kommt er mir vor. Schnell springe ich vom Katheder und setze mich auf meinen Platz. Mein Herz klopft. Habe ich etwas Verbotenes getan? Aber nein, ich hab doch nur ein bisschen geträumt.
Die Klasse füllt sich. Wie in einem Bienenstock, so summt es um mich herum. Marias schwarze Stiefel knarren über die Bodenbretter. Alle hängen ihre Schafpelze an die Metallgriffe der drei Fenster, sodass man kaum mehr etwas von den blanken Scheiben sieht. Jetzt ist es wie an jedem gewöhnlichen Schultag. Ich bin nur eine von fünfundzwanzig Schülern und Schülerinnen. Meine Träume sind fortgelaufen, als hätten sie Angst vor den lauten Stimmen ringsum.
Wieder wird die Tür geöffnet. Diesmal ist es Herr Morianu. Er setzt sich gleich an das Harmonium und klappt den Deckel auf. Ich blicke auf seine Hände. Wie weiß sie sind; sie haben keine Schwielen von schwerer Feldarbeit. Mit einer weichen Bewegung schlägt er mit der linken Hand die Tasten an. Der kleine Taktstock in seiner Rechten tanzt anmutige Figuren. Herr Morianu hebt den Kopf und gibt uns das Zeichen zum Einsatz. Dann erfüllen die schönen Weihnachtslieder den Raum. Wir nennen sie Colinde de Craciun[19]. Sie gelten dem Wohlergehen der Menschen und der Geburt des Heilands. Während ich mit den anderen singe, schicke ich meine Gedanken voraus zum Weihnachtsabend.

[19]Colinde de Craciun = Weihnachtslieder.

In einer winzigen Kammer unter dem Dach steht der Weihnachtsstern, den ich im vergangenen Jahr gemacht habe. Er ist beinahe so groß wie ein Brunnenrad. Ich habe ihn aus silbernem Glanzpapier ausgeschnitten und auf schmale Holzleisten geklebt. An jedem Sternenarm hängt ein Glöckchen, und in der Mitte, zwischen den beiden Glanzpapierplatten, ist Raum genug für eine Kerze und ihr Flämmchen. Diesen Stern werde ich am Weihnachtsabend gemeinsam mit Puiu, Marcel und den anderen Kindern durch das Dorf tragen und Weihnachtslieder singen. Die Glocken werden klingen wie die Schellen eines Stadtschlittens. Wir sind dann keine Kinder, wir sind die Colindatore de Stea, die Sternsinger. Am ersten Feiertag aber, nach dem Kirchgang, bleiben wir Mädchen zu Hause, und die Jungen ziehen von Haus zu Haus als Herodensänger. Marcel führt die Jungen an. Sie tragen vor jeder Tür die Lieder von der Weltschöpfung und von der Vernichtung aller Knaben durch den König Herodes vor. Dafür bekommen sie ein paar Münzen oder Weihnachtskuchen.
Ob es auch in der Stadt Sternsinger gibt und Herodensänger?
Plötzlich klopft es. Unser Gesang verstummt. Herr Morianu ruft unwillig: »Tritt ein!«
In der Tür steht Babull. Er hat ein erschrockenes Gesicht, und seine krummen Beine in den schmalen Cioreci[20] zittern. Hier und da ertönt ein Kichern, so komisch sieht Babull aus.
»Ruhe!«, befiehlt Herr Morianu. »Babull, was gibt's?«
Babull deutet mit dem Kopf in Richtung Lehrerzimmer.
»Da … da ist wer«, stottert er. »Ein … ein vornehmer Herr aus der Stadt. Er ist mit einem Schlitten gekommen und will den Herrn Lehrer sprechen.«
Herr Morianu legt den Taktstock auf den Katheder, ermahnt uns, ruhig zu bleiben, und verlässt hinter Babull die Klasse. Kaum ist der Lehrer draußen, schnellt Marcel hoch. In der einen Hand hält er einen groben Federkiel, in der anderen seine Cobza[21]. Er stellt sich an den Katheder und fängt zu spielen an. Eine Doina nach der anderen erklingt. Wie er dort oben

[20]*Cioreci = dicke, grobwollene Beinkleider.*
[21]*Cobza = ein mandolinenähnliches Lauteninstrument, das mit einem groben Federkiel gestrichen wird.*

steht und seine Cobza streicht, der Marcel! Es scheint mir, als wäre er in diesen Minuten viel älter als wir anderen, als gehörte er gar nicht zu uns. Maria, die neben mir sitzt, blickt ihn bewundernd an. Ich finde das dumm von ihr, obgleich ich zugeben muss, dass mir Marcels Spiel auch sehr gut gefällt. Deshalb werde ich ihn aber trotzdem nicht so anstarren, wie Maria es jetzt tut.

Da unterbricht Marcel sein Spiel und schaut zur Tür. Auch ich drehe mich um und sehe den Lehrer. Er wirkt fast so erregt wie Babull vorhin. Es fällt ihm gar nicht auf, dass Marcel auf dem Kathederplatz steht.

»Annuzza!«, ruft er nur und winkt hastig mit der Hand. »Komm mit!« Wortlos geht er mir voran ins Lehrerzimmer. Dann stehe ich vor dem fremden Herrn, den Babull als »vornehm« bezeichnet hat. Ich finde, er sieht nicht viel anders aus als unser Lehrer. Nur, beinahe alles, was er anhat, ist schwarz: der Anzug, die Schuhe, der Hut, den er auf den Knien hält, und sogar die Krawatte. Wie ein steifer Rabe, stelle ich fest. Seine Hände sind so weiß wie die von Herrn Morianu und seine Schuhe glänzen wie unsere Herdplatte, wenn Mutter sie gerade geschmirgelt hat.

Schnell verberge ich meine Hände hinter dem Rücken. Sie sind so rot und rissig; ich schäme mich plötzlich meiner Hände. Am liebsten würde ich auch meine Füße in den abgeschabten Opanken und den schwarzen Wollstrümpfen verstecken; ich weiß nur nicht wo.

Der Fremde mustert mich eindringlich, als wolle er mich kaufen. Ich komme mir wie eine Ware auf dem Markt vor. Vor Verlegenheit werde ich rot und dann wieder blass. Ob ich irgendetwas angestellt habe?

Herr Morianu sitzt dem Fremden gegenüber an dem langen Tisch. Keiner spricht. Das Schweigen liegt über mir und drückt mich wie ein Käserad auf dem Weg von der Poiana ins Dorf. Noch immer blickt mich der fremde Herr an. Ich zupfe an meiner Katrinza – vielleicht sitzt sie schief.

»Das ist also die Annuzza Burda«, höre ich den Fremden endlich sagen.
»Ja, das ist sie«, bestätigt Herr Morianu.
»Gehst du gern in die Schule, Annuzza?«, fragt mich der Herr. Seine Stimme ist leise und sie klingt so, als könne dieser Herr nie so laut schreien wie Vater oder die anderen Männer im Dorf.
»Ja«, sage ich. Und noch einmal: »Ja.«
»Sie hat noch keinen Tag gefehlt«, erklärt Herr Morianu und dabei nickt er mir aufmunternd zu.
»Weißt du schon, was du später werden willst?«, fragt mich der Fremde weiter.
»Etwas … etwas Großes«, sage ich stockend. Gleich darauf fahre ich mit der Hand zum Mund. Was habe ich da gesagt? So etwas Dummes!
Der fremde Herr lacht leise. »Das wollen wir alle, wenn wir jung sind«, sagt er.
Herr Morianu nickt zustimmend. Auch auf sein Gesicht traut sich ein bescheidenes Lächeln. Lachen sie mich aus?
»Es gefällt mir, Annuzza. Man soll immer weit gesteckte Ziele haben, um wenigstens etwas zu erreichen im Leben. Verstehst du das?«
»Ja«, sage ich. »Ich glaube schon.«
»Kannst du dir vorstellen, das Dorf eines Tages zu verlassen?«, fragt der Fremde weiter.
Warum will er das von mir wissen?, überlege ich. Aber dann antworte ich rasch: »Ja, ich habe schon oft davon geträumt.«
»Mit Träumen allein kommt man nicht voran. – Trotzdem«, sagt der Fremde, und dabei wendet er sich an Herrn Morianu, »ich glaube, Sie haben Recht.«
Womit soll er Recht haben, der Herr Morianu?
»Du kannst jetzt wieder zurück in die Klasse, Annuzza«, sagt der Lehrer.
Ich drehe mich um, will schon aus dem Zimmer laufen, aber da fällt mir noch ein: Ich muss mich doch verabschieden!

Schnell trete ich noch einmal an den Tisch und mache einen Knicks wie vor dem Popen. »Ich … ich habe auch schon Gedichte von Goga gelesen«, stammle ich eigentlich sinnlos. Dann bin ich draußen.
Auf dem Gang vor dem Lehrerzimmer bleibe ich stehen und lehne mich an die Wand. Ich bin aufgeregt. Drinnen wird leise gesprochen.
Ich versuche zu lauschen, kann aber kein Wort verstehen. Nur eines höre ich: Herrn Morianus Stimme klingt so ehrerbietig, als würde er sich bei jedem Wort vor dem Fremden verbeugen.
Plötzlich springt die Tür auf. Hastig drücke ich mich in die nächste Ecke des Ganges. Der Fremde und unser Lehrer treten aus dem Zimmer und gehen zum Schultor. Herr Morianu folgt immer einen Schritt hinter dem Fremden. Die glänzenden schwarzen Schuhe des Herrn aus der Stadt knarren verhalten, als ärgerten sie sich über den schmalen, düsteren Schulgang. Ich sehe nur die Umrisse. Jetzt reißt Herr Morianu mit einer tiefen Verbeugung das Eingangstor auf.
Draußen wartet der Schlitten. Der Fremde steigt ein. Herr Morianu stellt sich daneben und buckelt eine Verbeugung nach der anderen. Das sieht beinahe so aus, wie wenn Babull vor dem Lehrer steht. Der macht auch ständig einen zustimmenden Buckel, wenn Herr Morianu mit ihm spricht.
Wer mag der Fremde sein? Und was hat sein Besuch mit mir zu tun?
Als der Schlitten abfährt, eile ich in die Klasse zurück. Maria, Marcel und die anderen umdrängen mich sofort. Ihre Fragen reißen nicht ab und fließen ineinander wie das Wasser der kleinen Regenrinne auf unserem Hof nach einem heftigen Regen.
Ehe ich antworten kann, betritt Herr Morianu wieder die Klasse. »Wir wollen weitersingen«, sagt er. Das ist alles.
Eine Stunde später dürfen wir die Schafpelze von den Fenstergriffen nehmen. Draußen ist es bereits finster.

Herr Morianu schraubt die Dochte der Lampen tiefer. Die anderen schieben sich gegenseitig aus der Klasse. Nur ich soll noch dableiben.
Herr Morianu ruft mich zu sich. Wie ein lebendiges Fragezeichen stehe ich vor ihm.
Er lacht. »Bist ja ganz geknickt, Annuzza.« Und dann sagt er: »Du sollst einen Aufsatz schreiben. Die Überschrift lautet: ›Wovon ich träume‹. Bis zum Schulanfang nach den Weihnachtsferien muss er fertig sein.«
»Ist das eine Strafarbeit, Herr Lehrer?«, frage ich.
»Nein, Annuzza, eher das Gegenteil. Nun, die Zeit wird es zeigen, wozu es gut ist. Und lern noch mehr als bisher.«
»Ja«, sage ich. Dann darf ich gehen.
Als ich auf die Straße trete, sehe ich niemanden mehr. Aus den Fenstern der angrenzenden Häuser dringt der schwache Lichtschein der Naphthalampen. Hier und da glitzert der Schnee wie klares Wasser im Mondschein. Es ist sehr kalt; selbst unter meinen weichen Opanken knirscht es, als liefe ich über einen Kiesweg.
»Annuzza!«, höre ich plötzlich eine Stimme hinter mir. Als ich mich umwende, steht Marcel vor mir. Er hat seinen Schafpelz um die Schultern gehängt wie die Erwachsenen ihre Winterpelerinen, die sie an Festtagen tragen. Das sieht gut aus, finde ich. Marcel erscheint mir älter als sonst.
»Ich begleite dich ein Stück«, sagt er. »Es ist auch mein Weg. Weil ich beim Munteanu Honig holen muss.«
Ich nicke.
»Was wollten sie von dir?«, fragt er.
»Hast deshalb hier gewartet?«, frage ich.
»Nein – ja – nein, wirklich nicht, Annuzza.«
Noch nie habe ich Marcel stottern hören. Ich muss lachen. Marcel ärgert sich darüber. Das merke ich. Er wendet sich ab und stapft durch den Schnee, als wolle er mit jedem Schritt etwas zertreten.
»Ich soll einen Aufsatz schreiben«, sage ich schnell.

»Blöd«, meint Marcel.
»No ja«, sage ich.
Das ist unsere ganze Unterhaltung. Ich möchte eigentlich lieber allein sein und nachdenken. Mir ist so zumute wie vor einem Gewitter und ich weiß nicht warum.
Vor unserem Hof sage ich: »Buna seara, Marcel.«
»Buna seara, Annuzza«, erwidert er und reicht mir dabei die Hand. Das hat er noch nie getan. Alles ist heute so seltsam. Bevor ich ins Haus gehe, drehe ich mich noch einmal um. Marcel läuft wie ein Schatten zwischen den Schneewänden ins Dorf zurück. Er wollte doch zu unserem Nachbarn Munteanu, denke ich. Der wohnt in der anderen Richtung. Und nun geht er den falschen Weg …

Der Aufsatz

Über die Schule wird bei uns zu Hause nur selten gesprochen. Und wenn es geschieht, sind es keine guten Worte. Lesen und Schreiben hält Vater für überflüssig. Er hat es nicht gelernt und er meint, seine Kinder brauchen es auch nicht. Viel wichtiger erscheint es ihm, dass wir den ganzen Tag auf dem Hof oder im Haus arbeiten. Einmal hat er sogar im Dorf öffentlich auf den Staat geschimpft, weil der die Eltern zwingt, ihre Kinder zur Schule zu schicken.
Wenn Vater so spricht, schweigt Mutter meist. Aber deswegen denkt sie kaum anders als er. Wozu schreiben? Wozu lesen? Für Mutter ist die Hauptsache, dass wir Kinder recht viel von der Landwirtschaft verstehen und dass wir aus dem Flug der Vögel oder aus den Wolken das Wetter ablesen können. Und Rechnen? Ja, das hat man schon manchmal nötig. Aber das lernt jeder von selbst, wenn er ein paarmal übers Ohr gehauen wird. So etwa denken Vater und Mutter.
Das erlebte ich wenige Tage nach dem Gespräch im Lehrerzimmer erneut, und deutlicher als je zuvor.

Ich war an diesem Nachmittag allein zu Hause. Unsere Familie, außer mir, half auf dem Hof unseres Nachbarn Munteanu der Bäuerin beim Verspinnen des Hanfs. Die Ernte war bei Munteanus so reichlich gewesen, dass sie allein mit dem Hanf nicht fertig wurden. Deshalb veranstalteten sie eine Klaka. Ich aber musste daheim bleiben, um die zweite Tischdecke zu beenden. Das hatte Vater so angeordnet.
Die Küche erschien mir riesengroß an diesem Abend. Immer wieder schweifte mein Blick zu der Holzbank an der Fensterecke. War Bunika wirklich nicht da? Sonderbar, ich hatte trotzdem das Gefühl, als überwache sie mich und achte darauf, dass meine Finger nicht zu schnell müde wurden über der Handarbeit. Mein Blick glitt von der Leinendecke fort zum Fenster. Es schneite. Die Flocken klebten wie winzige Sterne an den Scheiben. Im Herd knisterte das Feuer. Und ich war allein. Beinahe so allein wie im reifenden Maisfeld.
Ich stand auf und nahm die Wunderkugel behutsam vom Brett. Mit beiden Händen schüttelte ich sie, dabei hielt ich sie gegen den Feuerschein. Es sah aus, als fielen kleine Funken auf die Dächer der winzigen Häuser. Im Sommer hatte ich nur geträumt, einmal so hübsch zu sein wie Kuza. Jetzt aber wanderten meine Gedanken schon bis in die Stadt.
»Eigentlich könnte ich heute den Aufsatz schreiben. ›Wovon ich träume‹«, murmelte ich leise vor mich hin. »Ob es schwierig ist, die bunten Bilder, die ich hier vor mir sehe, zu schildern? Ich will es gleich versuchen!«
Auf Fußspitzen durchquerte ich die Feiertagsstube. Das mache ich immer so. Nicht jedes Bauernhaus hat eine Feiertagsstube, und ich bin stolz darauf, dass wir eine haben. Der Fußboden ist mit mehreren Teppichen bedeckt, die Mutter geknüpft hat. Auf den Stühlen rund um den Tisch liegen Kissen mit bestickten Überzügen aus Leinen. Die Vorhänge sind von Mutter gewebt, und den großen Schrank aus Buchenholz hat Vater mit den gleichen Mustern bemalt, die ich auf die Tischdecken sticke. An den Wänden hängen in schmalen

schwarzen Rahmen verschiedene Fotografien aus Vaters Militärzeit. Ob die Feiertagsstuben der Menschen in der Stadt noch schöner sind?, überlege ich. Aus der Küche fällt ein Lichtschein auf die goldene Ikone. Sie hängt über unserem Sofa. Das ist unser bestes Stück, auf das wir uns nur ganz selten setzen dürfen. Die Eltern haben es vor mehreren Jahren in der Stadt gekauft. Zu Weihnachten, zu Ostern und an den anderen großen Feiertagen essen wir sogar hier. Das ist jedes Mal ein besonderes Ereignis für uns.

Von diesem Raum führt eine schmale Tür in die Kammer, die Kuza und mir gehört. Hier fühle ich mich immer wohl. Ich greife nach meinem Leinenbeutel mit den Schulsachen und gehe pfeifend zurück in die Küche. Heute kann ich es, heute bin ich allein.

Oh, ich weiß, dass ich nun etwas Verbotenes tue. Die Handarbeit habe ich auf der Bank vor dem Herd beiseite gelegt.

Vor mir auf dem Tisch liegt mein Heft, daneben steht das Tintenfass und meine Finger umschließen den Federhalter. Sie zittern ein bisschen. Ja, ich bin aufgeregt. Die unbeschriebenen Blätter sind verlockend weiß.

Womit soll ich anfangen? Die ersten Worte sind wohl am schwersten. Der Pope hat bei der letzten Sonntagspredigt gesagt: »Ist einmal ein Anfang getan, läuft die Arbeit weiter wie ein Bach, der sein Flussbett gefunden hat.« Mir hat dieser Ausspruch gefallen. Vater dagegen meint, Arbeit sei Arbeit, ob am Anfang oder später. Und sie müsse getan werden. Nichts laufe von selbst. Ich glaube, Vater hat den Popen nicht recht verstanden.

Jetzt weiß ich es. Ich werde den Aufsatz einfach mit dem Ausspruch des Pfarrers beginnen.

Die Feder raschelt über das weiße Papier. Meine Träume im Maisfeld, auf der Poiana und in der Schule werden zu einem Aufsatz. Während ich schreibe, werden sie beinahe lebendig. Ich bin auf einmal so hübsch wie Kuza; Marcel bringt mir Blumen ans Fenster, weil er mich mag. Und eines Tages werde ich von dem fremden Herrn im Schlitten abgeholt und zur Stadt gefahren. Ich komme in ein großes Haus, in dem ich lernen darf, so viel ich will. Ich steige auf, von Klasse zu Klasse – bis ich alles weiß, was man in einer Schule lernen kann. Bald kann ich sogar selbst Gedichte machen. Die Gedichte sind so schön wie die von Octavian Goga. Alle Menschen kennen meinen Namen. Ich bin berühmt, und eines Tages kehre ich in einem eigenen Schlitten ins Dorf zurück. Nicht für immer, aber zu den Feiertagen. Und jedes Mal bringe ich den Eltern, Kuza und Puiu Geschenke mit: glänzende Seide, Perlen und wenn Vater will, kann ich ihm hundert Hennen kaufen.

Mit einem Mal schrecke ich zusammen. Draußen auf dem Cerdak knarren die Bretter. Ehe ich aufspringen, Heft, Tinte und Feder verstecken kann, fliegt die Tür auf.

Vater steht in der dunklen Öffnung. Mit ihm weht der Winter in die Küche. Schnee klebt an seinen Opanken; sie sehen aus wie weiße Überschuhe. Sein Atem geht laut und sein Gesicht ist rot. Vater hat getrunken.

Ich sitze wie erstarrt.

»Was tust du da, Annuzza?« Er schreit nicht, noch nicht. Aber seine Stimme zittert schon drohend.

Ich wage nicht zu antworten.

»No, wird's bald?« Vater tritt näher an den Tisch heran.

»Ich … ich schreibe für die Schule«, stammle ich und ziehe den Kopf ein wenig ein.

»Und die Decke? – Die Arbeit? – Mikuza?«

Jetzt schreit Vater. Es hallt von den Holzwänden wider. Dann schlägt er mit der Faust auf den Tisch, dass die Tinte aus dem Fass spritzt. Die Feder rollt zu Boden. »Ich werde dir zeigen zu schreiben, wenn du arbeiten sollst!«, brüllt Vater. Er greift nach meinem Heft. Mit einem Ruck reißt er es durch und wirft beide Hälften ins Feuer. Die Ofentür lässt er offen.

»Nicht, Vater, nicht!«, rufe ich und renne zum Herd. Aber die Flammen haben meinen Aufsatz schon erfasst. Wie mit klei-

nen roten Armen umschlingen sie das Papier. Es rollt sich zusammen, wird gelb, dann braun und zerfällt. Mein Heft! Mein Aufsatz! Ich lege meinen Kopf auf das unfertige Tischtuch auf der Bank und weine. Da greift Vater nach mir und zerrt mich hoch.
»Zum Schreiben ist die Schule da!«, schreit er und schüttelt mich. Vor mir bewegt sich die Naphthalampe heftig hin und her. Dahinter sehe ich durch die offene Tür in die Winternacht. Ich möchte fort aus der Küche. Weg, weg!
Aber Vater hält mich fest. Er hat meinen Arm umklammert. »Zu Hause wirst du arbeiten. Du bist ein Bauernkind und wirst es bleiben. Hier wird nicht geschrieben und gelesen wie beim alten Popen. Die Hände sind für die Arbeit da. Das wirst du dir merken oder du fliegst aus dem Haus.
Bei diesen Worten stößt er mich auf den Cerdak. Ich falle die beiden Stufen hinunter und bleibe im Schnee liegen. Der Schnee ist kalt und feucht. Ich spüre das Hemd. Aber ich mag nicht aufstehen und Vaters Stimme hören. Den Atem spüren, aus dem der Schnaps mir entgegenschlägt, der Zorn und eine Kälte, die schlimmer ist als die Kälte des Schnees hier draußen. »Wisch die Tinte fort!«, befiehlt Vater. »Setz dich an die Arbeit!«
Langsam stütze ich mich hoch. Meine Strümpfe sind nass, an der Katrinza klebt Schnee.
In der Küche wartet Vater, bis ich wieder an meiner Arbeit sitze. Dann dreht er sich um und verlässt die Küche ohne einen Gruß.
Ich bin wieder allein.
Aber ich habe kein Heft mehr und meine Träume hat Vater mit dem Aufsatz ins Feuer geworfen.
Aber sie werden wiederkommen. Morgen oder an einem anderen Tag. Und ich werde den Aufsatz doch schreiben, irgendwann und irgendwo. Wenn es sein muss, heimlich bei Mondlicht in meiner Kammer. Oder in der Schule. Herr Morianu wird mir dazu verhelfen.

Meine Finger suchen die Fäden zusammen und ziehen die Nadel durch das Leinen.
Es soll sein, wie Vater es wünscht. Ich werde arbeiten. Aber ich werde auch schreiben und lernen.

Am Tage der Jordansfeier

Kuza ist nicht nur schön. Sie ist auch gut und freundlich zu mir. Ich habe ihr erzählt, dass ich einen Aufsatz schreiben muss, und sie verspricht mir zu helfen. Nicht beim Schreiben – das muss ich schon allein tun. Aber sie hat mir eine Kerze gegeben und ein Stück Pappe, das ich vor das Fenster unserer Kammer stellen kann. Nun fällt kein Lichtschein mehr auf den Hof, wenn ich abends vor dem Schlafengehen heimlich schreibe.
Gestern war der Pope in vollem Ornat bei uns im Hause wie bei allen anderen Bauern auch. Der Küster und der Knabenchor begleiteten ihn. Mit Kruzifix und Weihwasser betrat er den Hof. Puiu stand wartend am Fenster und rief: »Sie kommen, sie kommen!«
Gerade an diesem Tag war auch mein Aufsatz fertig geworden. Er ist fünf Seiten lang und ganz anders als jener, den ich in der Küche schrieb, als Vater mich überraschte. Es erschien mir wie ein besonders günstiges Zeichen, dass ich meine Schreibarbeit gerade an dem Tag beendete, als der Pope zu uns kam, um unser Haus zu weihen. Er schritt gemessen auf den Cerdak zu, trat ein und segnete alle Räume, auch den Stall, die Scheune und den Hühnerhof. Dabei sangen die Jungen des Chors das »Kyrieeleison«. Alles war sehr feierlich. Als der Pope vor mir stand, um mich mit Weihwasser zu bespritzen, wünschte ich mir, dass Herr Morianu meinen Aufsatz gut finde. Vielleicht geht mein Wunsch in Erfüllung. Ich hatte das Heft unter meinem Leinenhemd. So trug ich es bei mir, und der Pope hat den Aufsatz mitgesegnet.

Der Bauer Munteanu, unser Nachbar, betrat hinter dem Popen die Feiertagsstube und malte mit dem Rauch einer langen Kerze ein Kreuzzeichen auf die Decke des Zimmers. Das Gleiche tat Vater später im Hause unseres Nachbarn zur Linken.

Der nächste Tag war der sechste Januar, der Dreikönigstag. Das ist bei uns ein großer Feiertag zum Gedenken an die Taufe Christi durch Johannes den Täufer, und zugleich ist an diesem Tag das Fest der Wasserweihe.

Nun ist die Jordansfeier vorüber, die heute Vormittag stattgefunden hat. Wir nennen sie »Boboteaza«.

Ich ging neben Kuza und Puiu in der großen Prozession mit. Unter dem Schafpelz hielt ich das Heft mit dem Aufsatz verborgen, das ich Herrn Morianu heimlich übergeben wollte.

An der Spitze der Prozession schritten die Fahnen- und Kreuzträger. Ihnen folgte der Pope und dahinter schloss sich der lange Menschenzug an.

Von der Kirche aus neigt sich die Straße in einer Windung dem Dorfausgang und dem Flussufer zu.

So konnte ich vom Ende her mit Kuza beinahe den ganzen Zug übersehen. Alle hatten helle Schafpelze an, und die Männer trugen ihre Caciulen in der Hand. Es sah so aus, als würde sich eine lang gezogene Herde müder Schafe hinter ihrem Hirten bewegen.

Am Flussufer machten wir Halt. Dort hatten tags zuvor die Bauern ein hohes Kreuz aus Eisblöcken errichtet. Wie in jedem Jahr bisher, hatte ich auch diesmal dem Aufbau des Kreuzes zugesehen. Es war eine schwere Arbeit, die die Männer am Tage vor der Jordansfeier alljährlich verrichten mussten. Aus dem Dorfteich wurden zunächst riesige Eisstücke geschnitten und auf Ochsenschlitten an den Fluss gebracht. Hier erst erhielten sie, von den geübten Händen der Bauern bearbeitet, ihre spätere Form.

Zunächst wurde ein Reisigfeuer angezündet und daran erhitzten sie mehrere lange Drähte. Mit den heißen Drähten markierten die Männer die Form der Eisblöcke und hackten sie zurecht. So entstanden drei quadratische und ein dicker, länglicher Eisblock für den Querbalken des Kreuzes. Am schwersten erschien es mir immer, die Blöcke übereinander zu stellen. Dazu brauchten die Bauern dicke Seile und viele starke Arme. Den Fuß bildeten zwei quadratische Blöcke. Darauf ruhte der Querbalken und auf dem saß der dritte quadratische Block.

Es dauerte mehrere Stunden, ehe das Eiskreuz mächtig und weithin sichtbar am Flussufer aufgebaut war.

Rund um das Eiskreuz waren mehrere große Fässer aufgestellt, die mit dem Wasser gefüllt waren, das der Pope weihen sollte.

Wir bildeten einen weiten Halbkreis um das Kreuz und die Fässer. Der Pope, der auf einem ausgelegten Strohteppich stand, verlas das Evangelium und der Kirchenchor sang die Antworten. Das war, wie in jedem Jahr, der Höhepunkt der Zeremonie. Dann weihte der Pope das Wasser in den Fässern. Zum Abschluss sangen wir gemeinsam das Lied »Im Jordan ließest du dich taufen, Herr«.

Ich aber hielt Ausschau nach dem Lehrer. Und da war er auch. In seinem schwarzen Stadtmantel erblickte ich ihn am anderen Ende des Halbkreises.

Als das Lied verklungen war, verließ der Pope mit dem Küster, dem Vorsänger und den Kreuzträgern den Weihplatz. Hier und da wurden Böller abgeschossen, »Chiraleisa«[22]-Rufe erschollen, und die Würdenträger, unter ihnen Marcels Vater, der Bürgermeister, setzten sich in Bewegung. Sie schritten zurück ins Dorf.

Die anderen aber drängten zu den Wasserfässern, um die mitgebrachten Flaschen mit Weihwasser zu füllen und es mit heimzunehmen. Ich sah auch Vater. Er bückte sich gerade, um eine Hand voll von dem Stroh aufzuheben, auf dem der Pope und die Sänger gestanden hatten. Nun waren auch die anderen Bauern dabei, das Stroh aufzulesen, um es später im

[22]*Chiraleisa = Kyrieeleison.*

Stall unter das Futter zu mischen. Wir glauben, dass es dem Vieh Segen und Fruchtbarkeit bringt.
Unterdessen schob ich mich vorsichtig immer näher an Herrn Morianu heran. Er hielt sich ein wenig abseits und schaute dem Treiben zu. Schließlich erreichte ich ihn. Geschwind zog ich mein Heft aus dem Pelz hervor und streckte es Herrn Morianu entgegen.
»Mein Aufsatz, Herr Lehrer«, sagte ich leise.
Herr Morianu schien sich aber gar nicht zu erinnern. »Welcher Aufsatz, Annuzza?«, fragte er.
»Der vom Träumen.« Ich bat ihn, das Heft doch an sich zu nehmen, denn ich fürchtete, dass Vater es sehen könnte.
»Du solltest ihn erst nach den Ferien bringen«, erwiderte Herr Morianu.
»Ich kann das Heft nicht gut zu Hause haben«, sagte ich. »Die Eltern wollen nicht, dass ich lerne.«
»Soso«, murmelte Herr Morianu vor sich hin. Er sah mich mit einem eigenartigen Blick an. Dann steckte er das Heft in seine Manteltasche.
Ich grüßte und schlüpfte schnell zwischen die vielen Menschen, die sich am Flussufer drängten.
Mein Herz war jetzt leicht und froh. Ich hatte das Gefühl zu fliegen, wie ein Vogel im Frühling, wenn der Schnee geschmolzen ist und die Wiesen und Felder wieder reich an Futter sind. Herr Morianu trug meinen Aufsatz bei sich. Alles wird nun seinen Lauf nehmen wie ein Fluss, den auch Vater nicht aufhalten kann.

Ungeduld

Zwei Monate sind vergangen. Von meinem Aufsatz habe ich nichts mehr gehört.
Nach den Weihnachtsferien ging ich jeden Morgen erwartungsvoll zur Schule. Sobald Herr Morianu die Klasse betrat,

glaubte ich, er werde mich nun zu sich rufen und mir etwas sagen. Aber es geschah nichts.

Nachmittags, wenn ich dann zu Hause über meiner Arbeit saß, eilten meine Gedanken wieder voraus. Morgen, dachte ich jedes Mal, morgen werde ich sicher erfahren, was es mit dem Aufsatz auf sich hat. Ich malte mir die Worte aus, die Herr Morianu gebrauchen würde. »Es ist ein wunderbarer Aufsatz, Annuzza« oder »In dir steckt eine kleine Dichterin«. So ähnlich stellte ich mir während der ersten Wochen das Urteil des Lehrers vor.

Allmählich aber sank mein Mut. Je mehr Zeit seit dem Dreikönigstag verstrich, desto kleinlauter wurde ich. Manchmal war ich schon beinahe überzeugt davon, dass ich in meinem Aufsatz keinen einzigen ordentlichen Satz geschrieben hatte. Mutter sagt zwar, in der Kirche habe man sich nicht mit kleinlichen Wünschen an Gott zu wenden. Dennoch schloss ich dem Vaterunser stets die Bitte an, Er möge mich doch einmal etwas Gutes über meinen Aufsatz vom Lehrer hören lassen. Jeden Sonntag bat ich darum. Ich hatte sogar einen Pakt mit mir selbst geschlossen: Wenn es mir gelänge, zum Gottesdienst als Erste in der Kirche zu sein und sie als Letzte zu verlassen, dann würde in der folgenden Woche bestimmt die Entscheidung fallen.

Ich wusste, dass jeder mich auslachen würde, der etwas davon erführe. Und manchmal verstand ich mich selbst nicht. Aber ein Teil von mir glaubte fest daran, und so erwartete ich fiebernd Woche um Woche den Sonntag. Bisher war es mir noch nicht geglückt, als Erste in der Kirche zu sein.

Am letzten Sonntag stahl ich mich eine Stunde vor der festgesetzten Gottesdienstzeit heimlich aus dem Haus.

Als ich die Kirche betreten wollte, fand ich das Tor noch verschlossen.

So lief ich die Dorfstraße hinunter zum Fluss. Das Eiskreuz war längst geschmolzen, die Weidenbüsche entlang dem Ufer hatten sich in glitzernden Raureif gehüllt; sie sahen aus, als wären sie erstarrt und würden nie wieder grüne Blätter tragen.

Ich weiß nicht, wie lange ich am Fluss gewesen war. Plötzlich hörte ich die Kirchenglocken.

Als ich die Kirche erreichte, stand das Tor weit offen. Ich freute mich schon, denn der Platz davor war leer und auch auf der Dorfstraße war niemand zu sehen. Ich schlug das Kreuz und betrat die Kirche.

Im ersten Augenblick glaubte ich allein zu sein. Dann aber erblickte ich vor dem Altar eine kniende Gestalt. Es war Barbara, die Bergbäuerin.

Und wieder war ich nicht als Erste da gewesen.

Die Einzige, die meinen Kummer kannte, war Kuza. Sie schenkte mir ab und zu eine neue Kerze und tröstete mich oft. An diesem Morgen ging ich nach der Kirche neben Kuza auf unseren Hof zurück. Sie ist viel größer als ich, und sie sah an diesem Sonntag so schön aus, dass ich sie immer wieder anblicken musste. Ihre Wangen waren rot von der Kälte, ihre Augen strahlten, und ich beneidete sie ein bisschen. Plötzlich legte Kuza ihren Arm um meine Schulter. Ich spürte ihn warm wie einen zweiten Pelz.

»Annuzza«, sagte sie. »Du musst dir das, was du haben möchtest, ganz fest wünschen. Jeden Tag und jede Stunde. Vielleicht geht es dann in Erfüllung …« Kuza sprach leise, wie zu sich selbst. Ich hatte sie noch nie so reden gehört.

Für einen Augenblick legte ich meinen Kopf an ihre Schulter.

»Ich will es versuchen«, sagte ich.

Dann gingen wir wieder nebeneinander durch den Wintermorgen wie so oft, gar nicht, als wären wir uns eben so nahe gewesen wie nie zuvor.

Von weitem sah ich eine dunkle Gestalt vor unserem Hoftor stehen. Ich fasste nach Kuzas Arm. »Du, schau mal«, sagte ich und zeigte in Richtung des Hofes.

»Es scheint ein Fremder zu sein. Er trägt einen dunklen Mantel und einen Hut«, meinte Kuza.

»Vielleicht ist es der Herr aus der Stadt«, sagte ich aufgeregt und begann zu laufen. Kuza blieb an meiner Seite.
»Dass du immer laufen musst! Es ist ja nur der Lehrer!«, rief sie, als wir uns dem Hof näherten.
»Ja, der Lehrer«, wiederholte ich. Aber in Gedanken setzte ich hinzu: Vielleicht bringt er den Aufsatz zurück. Gleich darauf lachte ich mich selbst aus: Nein, das tut er doch nicht an einem Sonntag. Dazu wäre morgen in der Schule auch noch Zeit. Außerdem weiß Herr Morianu, dass ich den Aufsatz heimlich geschrieben habe, ohne Wissen der Eltern.
Jetzt konnte ich ihn deutlich erkennen. Er stand mitten auf dem Weg. In seinem schwarzen Mantel wirkte er gegen das Sonnenlicht wie ein einsamer Baumstamm.
Die Eltern, Bunika und Puiu, die uns langsam folgten, waren erst auf der Höhe des Nachbarhofes.
»Da seid ihr ja«, sagte Herr Morianu zu Kuza und mir. »Ich warte schon eine Weile. Gehen wir auf den Cerdak, bis deine Eltern kommen, Annuzza. Dort ist es sicher etwas wärmer.«
»Nein, Herr Lehrer«, entgegnete ich. »Dort spielt der Wind um die Hausecken Fangen mit sich selbst.«
Herr Morianu lachte. »Wir können ja mitspielen.«
»Wollen Sie uns denn besuchen, Herr Morianu?«, fragte Kuza erstaunt.
»Hast du gedacht, ich warte hier auf den Popen?«, fragte Herr Morianu zurück.
So vergnügt hatte ich ihn noch nie gesehen. Und er scherzte gleich weiter, als wir den Cerdak betraten.
»Wirklich, hier beißt sich der Wind in seinen eigenen Schwanz. Du hast Recht, Annuzza.«
Inzwischen kamen die Eltern heran. Herr Morianu ging ihnen entgegen. Bei seinem Anblick machte Vater ein Gesicht, als hätte ihm jemand Sägespäne in die Pfeife gestopft.
Ich konnte nicht verstehen, was Herr Morianu mit Vater und Mutter sprach. Nur die erstaunten Mienen der Eltern zeigten mir, dass es etwas Außergewöhnliches sein musste.

Mutter bat den Lehrer ins Haus.
»Gerne, Lele[23], gerne«, hörte ich ihn sagen.
Er folgte Mutter durch die Tinda[24] in die Feiertagsstube.
Vater trottete mit mürrischem Gesicht hinterher. Uns bedeutete Mutter, in die Küche zu gehen. Mich fröstelte.
Bunika saß auf ihrem Platz unter der Ikone.
»Die Wolken spielen traurig«, murmelte sie. Das ist Bunikas Ausspruch für schlechtes Wetter. Jetzt aber meinte sie wohl Vaters Stimmung. Ihre Kopfbewegung in Richtung Feiertagsstube wies darauf hin.
Kuza kniete vor dem Herd und entzündete mit geschickten Händen das Feuer.
»Warum zitterst du, Annuzza?«, rief Bunika. »Bist wie unser Hengst Huzu, wenn er zu lange in der Kälte steht.«
»Sie hat Angst, dass der Lehrer gekommen ist, um sie aus der Schule zu werfen«, bemerkte Puiu. Er unterstrich seine Worte durch schadenfrohes Grinsen. Er setzt es stets auf, wenn er glaubt, dass mich eine Strafe treffen könnte.
Ich mochte sein Gesicht nicht sehen. Er hatte Recht: Ich fürchtete mich wirklich.
In Gedanken zählte ich bis sechzig. Immer wieder. Und jedes Mal verstrich eine Minute. Trotzdem wusste ich nicht, wie viele Minuten vergangen waren, als aus der Tinda Stimmen herüberklangen. Gleich darauf tönten die Schritte des Lehrers über den Cerdak und entfernten sich knirschend auf dem Neuschnee.
»Hol ihn der Teufel!«, hörte ich Vater laut rufen.
»Pscht, fluch nicht am Tag des Herrn!« Das war Mutters beschwichtigende Stimme.
Gleich darauf kamen die Eltern hintereinander von der Tinda her in die Küche.
Ich bemühte mich, mein Zittern zu verbergen.
»Der Herr Lehrer war lange da«, bemerkte Bunika vorwurfsvoll aus ihrer Ecke. Man sah ihr an, dass sie eine Erklärung erwartete.

[23] *Lele = Anrede für rumänische Bäurin.*
[24] *Tinda = Vorraum in rumänischen Bauernhäusern, gedacht als Eingang für die Gäste in die Feiertagsstube.*

»No, er hat auch genug geschwätzt«, brummte Vater sehr missmutig. Seine Pfeife rauchte nicht wie sonst.
Ich fieberte. Wenn Mutter doch reden wollte! Aber sie setzte sich nur neben Bunika auf die Bank vor dem Esstisch.
Puiu holte gerade die Glaskugel von ihrem Platz auf dem Brett und begann mit ihr zu spielen.
»Lass das!«, schrie Vater ihn an.
Kuza wagte die Frage. Ihre Stimme war leise und singend, als streiche ein Vogel sanft durch den Raum.
Mutter blickte auf. »Er will die Annuzza fortbringen.«
»Mich? Wohin?« Ich presste meine Finger ineinander, als wären sie aus biegsamen Halmen.
»In die Stadt. Die Annuzza soll seine beste Schülerin sein und einen sehr guten Aufsatz geschrieben haben. Wenn sie so eine Prüfung besteht, wird sie einen Freiplatz bekommen in der Stadt auf der großen Schule.«
Sie sprach sehr ruhig. Aber ich glaube, sie war doch erregt und vielleicht auch ein bisschen stolz.
»No, das ist alles Schmarren! Sie wird nicht lernen und sie wird die Prüfung nicht machen!«, rief Vater. »Die Annuzza bleibt auf dem Hof, wo sie hingehört!«
»Das werden wir sehen«, sagte Mutter.
Ich hätte ihr um den Hals fallen können. Die Gedanken spielten in meinem Kopf Fangen wie der Wind auf dem Cerdak. Der Fremde im Schlitten – der Aufsatz – die Prüfung – die Stadt – lernen, lernen …
»Die Alten bleiben immer allein zurück«, sprach Bunika. Ich hörte es kaum. Ich hätte am liebsten gejubelt und gesungen und geschrien vor Freude. Ich hatte keine Ahnung, wie das sein würde mit der Prüfung. Im Augenblick dachte ich auch gar nicht daran. Ich stand vor dem Herd und blickte ins Feuer. Es ist doch gut, zu beten und zu träumen.

Eine Münze aus dem Zehent

Ein halbes Jahr habe ich Zeit. Im Herbst soll die Prüfung sein. Wenn ich sie bestehe, komme ich in ein Lyzeum mit angeschlossenem Internat.

Herr Morianu hat es mir gesagt und mir mehrere Bücher gegeben, die er aus der Stadt für mich erhalten hat. Daraus soll ich lernen.

Nur weiß ich nicht, wo und wann. Vater wacht mit grimmiger Miene darüber, dass ich fleißig an den Tischdecken arbeite. Wenn ich abends bei Kerzenschein die Bücher hervorhole, die ich auf dem Boden der Kleidertruhe verborgen halte, fallen mir meistens die Augen vor Müdigkeit zu.

Mit Kuza verstehe ich mich immer besser. Trotzdem kann auch sie mir nicht helfen.

Die Eltern verlieren kein Wort mehr über die Prüfung. Ich hatte gedacht, dass Mutter mir beistehen würde. Aber sie kann es wohl nicht, Vaters wegen.

Knapp vor Ostern verkaufte Mutter die vier Tischdecken und brachte zwei Leghennen aus der Stadt. Vater befühlte sie wie ein Stück Leinen.

»Wir werden ja sehen, ob eine Mikuza dabei ist«, sagte er kurz und schroff.

Hatte ich mehr erwartet? Hatte ich ein paar Worte der Anerkennung und der Verzeihung erhofft?

Ich ging aus der Küche auf den Cerdak. Als ich zum Himmel blickte, kam es mir vor, als bemühe sich die Sonne, die Wolken beiseite zu schieben.

Ich sah ihrem Treiben zu. Auch in meinem Leben gibt es Wolken, die ich nicht fortrücken kann, überlegte ich. In den dicken Büchern stand so vieles, wovon ich noch nie etwas gehört hatte. Wie sollte ich das alles bis zum Herbst für die Prüfung lernen?

Ich sog die Luft ein. Es duftete nach Frühling. Die Fliederbüsche entlang dem Zaun trugen dicke weiße Dolden. Im Hof zupfte Kuza die geschorene Schafwolle und sang vor sich hin. Das Lied, das durch den stillen Nachmittag zu mir herüberklang, war eine Doina de Jale[25]. Ich horchte auf den Text, der mir fremd war:

»Doina, Doina, laute Klage,
du versüßest mir die Tage,
Doina, Doina, stiller Schmerz,
du verwundest mir das Herz,
du bist süß, und du bist herbe,
klingest, dass das Herz nicht sterbe …«

War Kuza traurig? Hatte sie ein Leid? Ich vergaß meine eigene Sorge und lief zu ihr hin.

»Was hast du?«, fragte ich sie.

Kuza blickte auf, während ihre Finger an dem erdfarbenen Wollbüschel weiterzupften.

»Ich?«, erwiderte sie erstaunt. »Ich habe gar nichts.« Ihre Augen strahlten wie meist. Hatte ich vergessen, dass bei uns auf dem Dorf traurige Lieder auch dann gesungen werden, wenn man gar nicht traurig ist?

Ich hockte mich neben Kuza auf den Boden, der wie mit hellgrünem Flaum bedeckt und warm war von der Frühlingssonne. »Auf deinem Gesicht stehen lauter ungeweinte Tränen«, sagte Kuza. »Du selbst bist traurig.«

Ich antwortete nicht gleich. Langsam ließ ich meine Finger über das junge Gras gleiten.

»Ich fürchte, ich werde die Prüfung nicht bestehen«, sagte ich schließlich. »Die Bücher sind alle dicker als unsere Bibel. Vater hat mir gestern gesagt, dass ich in diesem Sommer mit ihm auf den Feldern arbeiten muss wie eine Magd.«

»Die Felder sind groß, Annuzza«, meinte Kuza. »Du wirst schon einen Platz finden, wo du lernen kannst, ohne dass Vater dich entdeckt.«

»O Kuza!«, rief ich. »Natürlich! Ich werde im Maisfeld lernen.« Der Frühling geht mit jedem Tag dem Sommer entgegen und der Sommer dem Herbst. Die Stauden werden wach-

[25] *Doina de Jale = Trauerdoina, trauriges Lied.*

sen und mir eine versteckte Hütte schaffen aus gelben Stämmen und grünen Blättern.
Dann werde ich allein sein können im Mais.
Die Zeit vergeht.
Die Bücher, die mir so fremd und verschlossen vorgekommen sind, tun sich allmählich vor mir auf. Ihr Einband wird grau und unansehnlich von den vielen Stunden bei Wind und Sonnenschein im Freien. Der feine Sand, der während heißer Mittagsstunden in der Luft schwebt, setzt sich zwischen den Seiten fest, mich stört es nicht. Ich bin froh, dass Vater mein Tun verborgen bleibt.
Mehrmals in der Woche erinnert mich Herr Morianu an die Prüfung. »Dass du mir keine Schande machst, Annuzza!«, sagt er dann jedes Mal streng.
Je näher der Tag der Prüfung rückt, desto aufgeregter werde ich. Mein Kopf ist voll geschrieben mit den Sätzen der Bücher wie die schwarze Tafel in unserer Klasse, wenn Herr Morianu eine Rechtschreibstunde hält. Und manchmal habe ich Angst: Was geschieht, wenn plötzlich irgendwoher ein nasser Schwamm darüberfahren und alles wegwischen würde, was ich gelesen und gelernt habe? Vielleicht sollte ich besser gar nicht erst hinfahren zu der Prüfung?
Nach der Schule stehle ich mich meist für ein, zwei Stunden ins Maisfeld. Der Kukuruz reift, die Kolben unter den gerillten Blättern füllen sich von Tag zu Tag mehr mit dem süßen Fruchtsaft.
Zwei Wochen nach dem Kukuruzschnitt soll die Prüfung sein. In diesem Jahr wird die Klaka bestimmt nicht ohne mich stattfinden.
Meine Gedanken und Träume teilen sich wie die gegabelten Äste eines Baumes. Sie eilen zu gleichen Teilen voraus zu dem Tag der Klaka und zu der Prüfung.

Es war an einem warmen Mittag nach der Schule. Wie vor einem Jahr um diese Zeit lag ich im Maisfeld. Und wieder träumte ich ein bisschen vor mich hin. Ich vergaß die Bücher im Leinensack. Meine Augen waren geschlossen und ich dachte an die morgige Klaka. Tanzen, singen! Genau vor zwölf Monaten war das Unglück mit Mikuza geschehen. Aber ich hatte auf der Poiana bei Drago in eine Welt hineingeblickt, die mir bislang fremd gewesen war. Und nun? Vielleicht wird die Kukuruzklaka morgen die Erste und auch die Letzte werden, die ich als Dorfmädchen mitmache.

Noch immer habe ich keine bestickte Katrinza! Und auch keine Perlen für den Ausschnitt meines Hemdes!

Ein hässliches, schmuckloses Mädchen werde ich auf der Klaka sein …

Plötzlich hörte ich ein Rascheln im dichten Feld. Der Wind konnte es nicht sein, denn die Luft war still. Ich setzte mich auf, um besser lauschen zu können. Da – da war es wieder. Ich warf den Leinensack mit den Schulsachen unter ein schützendes Kürbisblatt und sprang auf. Zwischen den hellen Stämmen sah ich etwas Dunkles schimmern. Und gleich darauf hörte ich eine Stimme meinen Namen rufen. Es war Kuzas Stimme.

»Hier bin ich!«, meldete ich mich. »Hier!«

»Schnell, komm heim!«, rief Kuza. »Mamika sucht dich.«

Ich packte meine Bücher und eilte neben Kuza zum Hof zurück. In der Küche stand Mutter und sah mich strafend an.

»Auf dem Herd ist die Mamaliga. Wir haben schon gegessen. Vater ist sehr böse.«

Er wird mich bestrafen und vielleicht darf ich morgen wieder nicht mithelfen im Mais …

»Nach dem Essen wäschst du dich«, erklärte Mutter kurz. »Du musst zu den Nachbarn. Sag ihnen, dass wir morgen den Kukuruz schneiden und einführen. Lade sie zu der Klaka für morgen Abend ein, Annuzza.«

»Ja«, antwortete ich. Gerne hätte ich sie gefragt, ob es dabei bleibe, dass ich zum ersten Mal mit dabei sein sollte bei der Klaka. Aber ich wagte es nicht.

Ich fürchtete, Mutter könnte mich fragen, wo ich gesteckt habe nach der Schule.
»Komm, Kuza, wir gehen arbeiten«, sagte Mutter und verließ mit ihren schweren Schritten das Haus.
Auf dem blanken Herd fand ich den Mamaligarest für mich. Beinahe jeden Tag essen wir diesen Brei aus Wasser und Maismehl mit Schmetten und Topfen[26]. Ich mag Mamaliga. Ja, mehr als alles andere, was Mutter sonst kocht: Kartoffeln, Gemüse, Eier, Speck oder manchmal auch Fleisch.
Die Mamaliga erinnert mich ans Maisfeld, an den Geschmack der reifen Kukuruzkörner und an die Puppen, die ich mir aus den Kolben manchmal mache.
Auf der Holzbank hinter dem Küchentisch saß Bunika. Ich ergriff den niederen Topf, goss den fetten Schmetten über die Mamaliga und schnitt mir ein Stück Topfen ab. Dann setzte ich mich neben Bunika auf die Bank.
»Warst beim Spielen?«, fragte Bunika und fuhr sich dabei mit zwei Fingern unter das eng geschlungene schwarze Kopftuch, sodass ich über ihrer runzeligen Stirn den grauen Haaransatz sah.
»Nein, bei den Kühen«, antwortete ich und begann zu essen, um sie nicht anschauen zu müssen.
Bunika ist so alt wie die Buche auf unserem Hof und ihr Gesicht ist runzelig wie Baumrinde. Sie kennt ihr Alter nicht einmal genau. Manchmal sagt sie, sie sei neunzig oder fünfundneunzig Jahre alt. Mag sein, dass sie schon hundert Jahre zählt. Bei uns auf dem Dorf werden die meisten Menschen sehr alt und Bunika gehört zu den ältesten. Ihre Augen blicken so weise, als hätte sie die ganze Welt gesehen und mehrere Leben gelebt. Oder vielleicht liegt es nur daran, dass sie viele gute, aber auch viele schlechte Ernten erlebt hat.
Ich glaube, als sie mich jetzt angesehen hat, hat sie gewusst, dass ich nicht die Wahrheit gesagt habe und nicht bei den Kühen gewesen bin.
»Bei den Kühen ist Puiu«, murmelte Bunika.

[26] *Schmetten und Topfen = saurer Rahm und Quark.*

»Puiu ist im Hof«, bemerkte ich.
»Vater wird jetzt auf dem Feld Schnaps trinken«, sagte Bunika, »weil er böse ist.«
»Vater trinkt auch Schnaps, wenn er nicht böse ist«, meldete sich Puiu von der offenen Küchentür her. Ich hatte ihn nicht kommen hören.
Bunika zuckte mit der Schulter und griff nach einem schwarzen, bunt bemalten Tonkrug, der neben ihr auf der Bank stand. Sie kippte ihn um und ein Münzenberg häufte sich auf der Tischplatte. Dann begann Bunika zu zählen und legte eine Münze nach der anderen in den Krug zurück. Darin ist ihr Zehent, den sie jeden Tag zur Mittagszeit überprüft, ihr Schatz. Die Eltern müssen Bunika von jedem Stück Butter und Käse, von jedem Ei und jeder Fuhre Getreide, die verkauft werden, ein Zehntel, ihren Zehent, abgeben. Bunika wacht darüber und verbirgt den Krug an einem Ort, den niemand von uns kennt.
Nun war Puiu an den Tisch getreten und schaute wie gebannt auf Bunikas Hände. Mit den gekrümmten Fingern und der faltigen Haut erinnern sie mich an eine alte Baumwurzel. Oft wundere ich mich, wie behände Bunika die Münzen greifen und in ihren Krug werfen kann.
Bunika ist es, die das Haus, den Hof und unsere Felder beherrscht. Die Arbeit verrichten Vater und Mutter, Kuza und ich. Aber Bunika ordnet an, und auf ihrem Gesicht kann man die Stimmung auf unserem Hof ablesen wie das Wetter aus dem Flug der Schwalben. Das ist nicht nur bei uns so, es geschieht ähnlich auf jedem Hof in unserem Dorf, auf dem es noch eine Bunika gibt.
Während ich den letzten Löffel Mamaliga aß und dabei auf Bunikas Hände schaute, sah ich, wie sie mit den breiten Ärmeln ihres Leinenhemdes zwei Silbermünzen an die äußerste Tischkante wischte. Eine davon, ein Fünf-Lei-Stück, kippte über und rollte lautlos auf den Lehmboden der Küche. Bunika bemerkte es nicht. Sie zählte unbeirrt weiter. Ich blickte zu

Puiu. Er machte ein unbeteiligtes Gesicht und ich wusste nicht, ob er das fallende Geldstück gesehen hatte.
Fünf Lei – das ist so viel, wie eine bunte Perlenkette beim Moische kostet, überlegte ich.
Ich hatte noch nie fünf Lei besessen. Ich könnte mir für meine erste Klaka und für die Prüfung eine Kette kaufen, eine Kette aus roten, grünen und goldenen Perlen …
Vorsichtig ließ ich meine Augen über den Fußboden gleiten. Da lag die Münze, rund und silbern und verlockend. Kaum einen Fußbreit entfernt von meinen Zehen, gleich neben dem Tischbein. Ich blickte abwechselnd zu Bunika und zu Puiu. Dabei schob ich meinen nackten Fuß allmählich nach rechts, bis ich das kalte Metall unter der Sohle fühlte. Mit einem leichten Ruck zog ich das Geldstück zu mir heran und saß wieder unbeweglich da.
Puiu sah mich an. Hatte er etwas gemerkt?
Mein Herz klopfte erregt. Mit dem Ellenbogen schob ich den Löffel vom Tisch, sodass er klirrend auf den Boden fiel. Dann bückte ich mich hastig und hob mit dem Löffel auch die Münze auf. Krampfhaft umschloss ich sie in meiner Hand. Dabei spürte ich, wie mir das Blut in die Wangen stieg. Ich hatte fünf Lei. Sie gehörten nicht mir. Aber ich hielt sie zwischen den Fingern.
»Geh jetzt, Annuzza!«, sagte Bunika. »Ein Hof, auf dem der Bauer trinkt, die Bäuerin den halben Tag nach den Kindern rufen muss und die Kinder lügen und faul sind, ist bald verwirtschaftet. Geh nicht wieder zu den Kühen, sondern sag den Nachbarn, dass der Kukuruz reif ist.«
Es war eine lange Rede; Bunika spricht sonst nicht so viel. Ihre Stimme war leise und sie blickte nicht auf von ihrem Zehent. Dennoch verstand ich jedes Wort und auch das, was sie nicht aussprach.
Das fehlende Geldstück erwähnte Bunika nicht. Es brannte in meiner Hand wie ein Stück glühende Kohle. Ich empfand Angst und Freude zugleich.

»Na, wird's bald?«, murmelte Bunika.
Ich stand auf und trug den leeren Topf zum Herd zurück. Dabei presste ich die fünf Lei gegen den Henkel. Mit dem Rücken zum Tisch stand ich vor dem Herd und ließ das Geldstück in meinen Hemdärmel rutschen. Nach einer Weile drehte ich mich um und sah, wie Bunika die letzten Münzen in den Krug warf. Mit weißer Kreide malte sie ein Zeichen auf den schwarzen Ton. Es war weder eine Zahl noch ein Buchstabe; Bunika kann gar nicht schreiben. Aber ich war sicher, dass es ein bestimmtes Zeichen war, dessen Bedeutung nur sie selbst kannte.
»Steh nicht herum, Puiu! Schau nach dem Vieh!« Mit diesen Worten und einer ihr eigenen Handbewegung, die an eine im Sturmwind wehende Kornähre erinnerte, scheuchte Bunika Puiu aus der Küche. Ich blickte ihm nach. Nichts deutete darauf hin, dass er die Münze und meinen Griff unter den Tisch gesehen hatte. Auf dem Cerdak drehte er sich noch einmal um und schnitt eine trotzige Grimasse. Ich sah, wie er nach dem langen, abgeschälten Stab griff, den er sich zurechtgeschnitzt hatte, und wie er mit kleinen schnellen Schritten barfuß aus dem Hof lief.
Gleich hinter Puiu verließ auch ich die Küche, ohne Bunika noch einmal anzuschauen. Ich betrat die Feiertagsstube. Durch das Fenster fiel ein breiter Sonnenstreifen über die selbst geknüpften Teppiche. Auf dem hellen Band lief ich zur Tür der Kammer, die ich seit zwei Jahren mit Kuza teilte, und setzte mich auf ihr Bett.
Die Kammer ist kaum breiter als der Weg zwischen den Feldern, der zu unserem Hof führt. An der einen Wand stehen zwei Holzbetten übereinander. An der anderen Längswand befinden sich die beiden Truhen, in denen Kuza und ich unsere Kleidungsstücke aufbewahren. Auf den Deckel der einen Truhe hatte Vater mit roter Farbe ein A zwischen die Ornamente gemalt; auf dem Deckel der zweiten Truhe stand ein K in Blau. Meine Kiste ist halb leer, und ich kann sie ohne

Mühe abends zum Fenster rücken, wenn ich heimlich bei Mondlicht oder Kerzenschein lerne. Kuzas Truhe hingegen ist schwer und bis obenauf gefüllt mit ihren weißen Hemden, den Katrinzen, Gürteln, Perlen und der weißen, mit verschiedenfarbigen Seidenfäden bestickten Bondiza[27].
Kuza ist so reich, dachte ich, bald so reich wie unsere Popadia, die Frau des Popen.
Ich griff in den Ärmel meines Hemdes und zog das Geldstück heraus. Jetzt bin ich auch reich, überlegte ich. Ich konnte mir Perlen kaufen.
Was geschah aber, wenn Bunika doch etwas merkte, morgen zur Mittagszeit, wenn sie ihren Zehent wieder zählen würde? Vielleicht hatte Puiu mich beobachtet, um mich dann zu verraten? Bei Puiu konnte man es nie genau wissen. Ich bekam kalte Hände vor Angst.
Dann wäre alles vorbei: die Klaka und das ganze Leben vielleicht, das mit der Prüfung für mich beginnen könnte. Wahrscheinlich dürfte ich nicht einmal hinfahren zu der großen Prüfung in die Stadt …
Ach was! Morgen, wenn Bunika ihre Münzen gezählt hat, werde ich mit den fünf Lei zum Moische gehen und die Perlen kaufen, beschloss ich. Langsam öffnete ich den Deckel meiner Truhe und holte meinen langen, von Mutter selbst gewebten Sonntagsgürtel hervor. Im vergangenen Winter hatte Mutter ihn mit blau-gelb-roten Seidenfäden bestickt. Das sind die Farben unseres Landes.
Neben Kuzas Bett hing ihr kleiner Spiegel. Ich holte ihn von der Wand und stellte ihn auf das Fensterbrett, um mich besser sehen zu können. Dann wand ich den Gürtel mehrmals straff um die Taille und ließ die Enden über die schlichte Katrinza hinabhängen. Die silberne Münze steckte ich in die kleine Tasche, die in die Rückseite des Gürtels eingearbeitet ist. Dort schien sie mir sicher aufbewahrt. Deutlich spürte ich das harte Rund, als ich die Hand an diese Stelle des Gürtels legte. Meine Münze, dachte ich.

[27] *Bondiza = ärmelloses Wams aus Lammfell.*

Da ich wusste, dass die Tür von der Feiertagsstube zur Tinda wochentags versperrt war, musste ich den Weg durchs Fenster wählen. An Bunika vorbei wollte ich heute nicht wieder. So trat ich an das Fensterbrett, das Kuza gehörte. Dort standen ihre Schätze. Ein Bild von Mihai in Uniform. Mihai ist Kuzas zukünftiger Mann, und obgleich sie nicht verlobt sind, hatte Mihai ihr dieses Bild aus der Stadt geschickt, wo er seine Soldatenjahre abdiente. Zwischen den bemalten Ostereiern auf dem Holzteller lag eine zerknitterte Osterkarte. Darauf stand gedruckt: »Christus ist auferstanden«, und darunter, mit Bleistift geschrieben: »Fürwahr, Er ist auferstanden. Mihai.«
Wir auf dem Hof bekommen nur selten Post, und so ist diese Karte aus der Stadt ein kleines Ereignis gewesen. Ich habe gesehen, dass Kuza sie tagelang in ihrem Gürtel getragen und jeden Abend vor dem Schlafengehen gelesen hat.
Vorsichtig schob ich Teller und Bild beiseite, öffnete einen Flügel und schwang mich mit einem Satz auf den Hof hinaus. Dort aber stand Mutter und hackte auf einem viereckigen Brett das Kraut für die Knische[28] zur morgigen Klaka. Sie blickte auf und sagte: »Durchs Fenster steigen nur Diebe, Annuzza.«
Mehr sagte sie nicht. Aber es genügte, dass ich mit der Hand an die Münze fuhr, dass ich Angst bekam und mich schämte. Sollte ich mich in die Küche schleichen und das Geld auf den Fußboden legen? Aber dann hätte ich keine fünf Lei mehr und könnte mir morgen keine Perlen kaufen.
»Hast dich gewaschen?«, fragte Mutter.
»Ja … Nein … Ich tu's schon«, antwortete ich stockend.
»Ich ruf dich, aber du kommst nicht. Ich sag dir etwas, und du machst es nicht. Aus dir wird nie etwas Ordentliches, Annuzza«, sagte Mutter und schüttelte den Kopf.
Ich drehte mich um und lief ums Haus herum zum Brunnen. Mutters Worte liefen mit mir. Aus mir wird nie etwas Ordentliches … nie etwas Ordentliches … Ob Mutter Recht hatte?

[28]*Knische = mit Kraut gefüllte Hefekuchen.*

Aber ich habe doch einen guten Aufsatz geschrieben. Und die Tür zum Hühnerstall habe ich auch verschlossen, damals vor einem Jahr. Ich möchte so gern etwas Ordentliches werden. Vater, Mutter, Bunika – alle sollen auf mich stolz sein. Ich will … Ich will die Prüfung bestehen. Und mehr werden als nur eine gute Bäuerin. Eine Lehrerin vielleicht, oder eine Popadia. Ich könnte morgen den Lehrer fragen, ob ich die Prüfung bestehen werde. Er ist gescheiter als unser Pope, der Herr Morianu. Er kann nicht nur lesen und schreiben und rechnen. Er war auch schon einmal in unserer Hauptstadt und an der Stelle, wo die Donau ins Schwarze Meer mündet. Er ist weit gereist. Ich denke, der Lehrer wird eine Antwort wissen auf meine Frage. Vielleicht werde ich dann meine Angst vor der Prüfung verlieren …
Dies alles ging mir durch den Kopf, während ich mich über dem Regenwasserbottich wusch. Dann machte ich mich auf den Weg ins Dorf. Vielleicht hatte der Moische in dem Glaskasten an seinem Haus eine Kette liegen. Perlen für fünf Lei. Ich könnte sie mir einmal ansehen. Nur ansehen …
Morgen werde ich mich nicht im Maisfeld verstecken, um zu lernen, und nie wieder fünf Lei nehmen. Nur das eine Mal, lieber Gott, das verspreche ich dir, dachte ich.
Bald lag die Dorfstraße vor mir. Seit einigen Tagen hatte es schon nicht mehr geregnet und bei jedem Schritt stob eine hellgelbe Staubwolke unter meinen bloßen Füßen auf.
Die Häuser rechts und links der Straße sind gelb oder rosa, hellblau oder zartgrün getüncht. Im Licht der Sonne sehen sie fröhlich aus wie junge Mädchen. In diesen Häusern entlang der Dorfstraße wohnt kaum ein Bauer. Sie gehören meist Holzfällern oder Handwerkern, und ihre Kinder spielen tagsüber auf der Holzstufe vor der Haustür. Die Jungen schnitzen und töpfern, die Mädchen besticken das weiße Leinen der Hemden und Blusen. Ich kenne die Kinder alle. Wir spielen miteinander, wir helfen gemeinsam auf den Feldern und besuchen zusammen die Schule.

»Buna ziua[29], Annuzza!«, riefen sie mir von allen Seiten zu, als ich an ihnen vorbeiging.
»Buna ziua, buna ziua!«, rief ich zurück.
Dann stand ich vor dem Haus des Moische. Es hat zwei Stockwerke wie das Haus des Popen. Und es sieht sehr wichtig und reich aus neben den ebenerdigen Häusern der anderen Dorfbewohner. Außerdem ist es weiß gekalkt und aus Stein. Beim Moische kann man alles kaufen. Vater sagt, der Moische sei ein guter Geschäftar[30] und er verdiene das meiste Geld im ganzen Dorf. Aber er gibt seine Waren auch ohne Geld her. Er schreibt an, und wenn der Schuldbetrag hoch ist, nimmt er auch ein Stück Land anstelle des baren Geldes.
Nun stand ich vor dem Glaskasten an der Mauer neben der Eingangstür. Das Glas war matt und staubig, aber die Dinge hinter der Scheibe erschienen mir wunderschön.
Da lagen ein Paar weiße Handschuhe, lange Ohrgehänge, zwei Pfeifen, Bilderrahmen aus Holz in verschiedenen Größen, ein Paar schwarze Stöckelschuhe, wie Kuza sie auch besitzt, und drei Perlenketten. Eine weiße, eine rote und eine bunte. Ich bewegte meinen Kopf ein wenig hin und her, damit die Perlen, die bunten, einmal im Schatten und einmal in der Sonne liegen sollten. Die kleinen Kugeln leuchteten und blitzten. Mit der Hand fuhr ich an meinen nackten Hals. Ich konnte ihn in der Glasscheibe sehen. Morgen Abend würden Perlen über der Bluse hängen.
Diese Kette möchte ich haben, sie ist die schönste, überlegte ich. Wenn ich die Augen schloss, konnte ich mir vorstellen, dass sie bereits mir gehörte.
Jetzt hatte ich sie gesehen, meine Perlen.
Die Nachbarn werden alle kommen, morgen. Und ich werde mit dabei sein und Perlen tragen.
Welch ein großer Tag stand mir bevor – beinahe wie der Tag der Prüfung.

[29] *Buna ziua = guten Tag.*
[30] *Geschäftar = gewitzter Geschäftsmann.*

Perlen für fünf Lei

Seit sechs Uhr früh sind wir im Maisfeld. Außer Bunika ist die ganze Familie dabei, unsere zwei Knechte und viele Nachbarn, dunkle Gestalten neben den hellgelben Stöcken des Kukuruz. Jetzt steht die Sonne schon hoch am Himmel. In gleichmäßigen Bewegungen schneiden wir die Kolben ab und lassen sie auf den Boden fallen. Mir zur Seite arbeitet Maria, die Tochter des Tischlers Petrescu.

»Darfst mit zur Klaka?«, fragt Maria.

»Ja«, antworte ich.

»Nächstes Jahr darf ich auch«, erklärt Maria, die erst elf Jahre alt ist.

Die meisten Nachbarn haben zum Kukuruzschnitt auch ihre Kinder mitgebracht. Selbst Marcel, der Bürgermeistersohn, ist gekommen. Wir sammeln die geschnittenen Kolben ein und tragen sie zu unserem Leiterwagen, der bespannt auf dem Feldweg steht. Vater hat die Zwischenräume der Sprossen mit Brettern verstellt, sodass der Kukuruz nicht durchfallen kann.

Ich will gerade an Mutter vorbei einen Arm voll Kolben zum Wagen bringen, da sagt sie: »Die vierte Fuhre ist bald voll. Fahr mit Vater auf den Hof, Annuzza, und hol das Essen! Es ist Mittagszeit.«

»Ja, Mutter«, sage ich.

Als ich fast schon beim Wagen bin, sehe ich Vater von der anderen Seite des Feldes mit schweren Schritten herankommen. Er hat wieder getrunken, denke ich. Beim Abendbrot gestern hat er weder ein gutes noch ein böses Wort zu mir gesagt. Er hat mich nicht einmal angeschaut.

»Was willst, Annuzza?«, fragt er barsch.

»Mitfahren und das Essen holen«, antworte ich.

»Sonst nichts?«, fragt Vater und blickt mich an. Er riecht nach Kornschnaps und um seine Augen stehen viele kleine Fältchen. Sein Gesicht ist braun gebrannt, und das Leinen-

hemd, das bis zur Hüfte lose fällt, ist nass von der Feldarbeit in der warmen Mittagssonne.
»Schon«, sage ich.
»Gestern – das war falsch von mir ...« Es fällt mir jedes Mal sehr schwer, mich bei Vater zu entschuldigen.
»Es soll gut sein, diesmal noch«, sagt Vater. »Weil heute Kukuruzschnitt ist.«
Vater verzeiht mir, denke ich. Und vor Freude darüber vergesse ich die Kolben in meinem Arm. Sie fallen achtlos auf die Erde, und ich greife nach Vaters Hand, um sie zu küssen, wie es bei uns üblich ist, wenn man sich bei den Eltern bedanken will. Aber Vater entzieht mir seine Hand mit einem derben Ruck und legt sie auf mein Haar. Sie ist schwer wie der volle Korb mit Käse und Eiern, den Mutter zuweilen auf dem Kopf zum Markt trägt.
»Lass, Annuzza – es ist schon recht!«, sagt er und schwingt sich auf den Sitz des Wagens, der aus einem schmalen Brett besteht. Ich setze mich neben ihn.
»He, Puiu, Maria, Marcel!«, ruft Vater. »Kommt mit und helft beim Abladen!«
Dann wendet er sich zurück und ergreift die Zügel, und Huzu, unser Zugpferd, trottet los. Puiu und die beiden andern laufen neben dem Wagen her. Auf dem ausgefahrenen Weg holpern die Räder über die Furchen, sodass ab und zu einige Kolben zu Boden fallen. Puiu bückt sich und wirft sie zurück auf den Wagen. Dabei prallt ein Kolben hart gegen Vaters Rücken.
»Ehja!«, ruft Vater und schaut sich um. »Der Kukuruz ist hart, wenn er gegen meinen Rücken fällt. Aber er ist noch härter, wenn er euch trifft!« Dabei lacht er laut.
Vater ist guter Laune, überlege ich. Weil heute die Klaka stattfindet, mit Tanz und Knische und viel Schnaps. So habe ich ihn selten gesehen.
Jetzt ist es nur noch wichtig, ob Bunika die fünf Lei vermisst. Vielleicht zählt sie bereits ihren Zehent?

Da taucht vor uns der Hof auf. Vor dem Haus türmt sich ein Kukuruzhaufen. Mit jeder Fuhre wächst er und in zwei, drei Stunden wird er ein richtiger Berg sein. Das weiß ich von den früheren Ernten her. Wenn der ganze Kukuruz eingefahren ist, sieht man vom Feldweg her nur noch das Dach unseres Hauses.
Vater lenkt indessen Huzu dicht an den Kolbenhaufen heran. Mit mir zugleich springt er hinunter und beginnt die Bretter herauszuziehen. Zwischen den einzelnen Sprossen rollt der Kukuruz auf die Erde. Puiu, Maria und Marcel stehen oben auf dem Wagen und werfen die Kolben armweise mit einem Schwung, als würden sie das reife Korn mähen, auf den hellgrünen Berg.
»Hol jetzt die Töpfe, Annuzza!«, befiehlt der Vater. »Wir fahren gleich zurück.«
Mit wenigen Schritten bin ich in der Küche, wo Bunika still auf ihrem Platz sitzt.
»No«, fragt sie, »holst das Essen?«
Ich nicke stumm.
Bunika schaut so streng, dass ihre Augen noch kleiner sind als sonst. Neben ihr auf der Bank steht der schwarze Krug. Hat sie ihren Zehent schon gezählt?
Mein Herz zittert so heftig, dass es mich an den Flügelschlag der Spatzen erinnert, die in Scharen vom Getreide auffliegen, wenn man sich dem Feld nähert. Ich muss Bunika irgendetwas fragen und aus ihrer Antwort werde ich vielleicht erraten können, was sie denkt.
»Hast du was, Bunika?«, frage ich.
»Ihr solltet alle mehr an die Arbeit und weniger ans Essen denken«, murmelt sie.
Also nicht die fünf Lei … nicht die fünf Lei.
Ich rücke die Töpfe zurecht und hole die blanken Holzlöffel aus der Tischlade. Dabei beobachte ich Bunika verstohlen.
Ich sehe, wie sie in ihren Gürtel greift und ein Stück Kreide hervorholt. Bedächtig, wie jeden Mittag, malt sie ihr geheim-

nisvolles Zeichen auf den Ton. Der Zehent ist gezählt. Und Bunika hat nichts gemerkt. Ich kann mir die Perlen kaufen … Meine Gedanken überschlagen sich. Am liebsten würde ich es laut hinausrufen: Ich kann mir die Perlen kaufen!

Mit flinken Schritten bringe ich nacheinander die Töpfe hinaus und stelle sie vorsichtig in die Mitte des abgeladenen Wagens. Vater ist nirgends zu sehen.

»Wo ist Vater?«, frage ich Puiu, der mit Maria und Marcel auf dem Kukuruzhaufen sitzt.

»Er ist hinters Haus gegangen«, sagt Puiu. »Komm, Annuzza, wir spielen inzwischen!«

Damit meint Puiu die Kukuruzspiele, die wir jedes Jahr wiederholen, wenn eingefahren wird. Eigentlich habe ich diesmal keine Lust dazu. Aber vielleicht wird Puiu stutzig, wenn ich seine Aufforderung ablehne. So klettere ich lieber auf »unseren« Berg hinauf. Die dürren, hellgrünen Blätter, die die Kolben umschließen, rascheln wie der Blätterboden der Wälder im Spätherbst. Puiu ruft: »Los, jetzt rutschen wir ab! Eins …, zwei …, drei!«

Wir sitzen mit dem Rücken zueinander auf der Spitze. Puiu hat jedem von uns eine Rutschbahn angewiesen. Als Puiu »drei« ruft, gleiten wir ab. Die Blätter sind glatt und bei diesem Wettspiel kommt es darauf an, wer am geschicktesten und am leichtesten über die Kolben schlittert, um als Erster unten zu landen.

Maria ruft »Hej!« und beugt sich weit vor, um ihr Gewicht zu verlagern. Ich kann es von meiner Bahn aus gut sehen. Bisher hatte ich immer den Ehrgeiz, die Erste zu sein. Heute ist es mir gleichgültig. Ich denke immer im Kreis um die Perlen herum und daran, wie ich heimlich zum Moische laufen könnte, ohne dass mich jemand dabei sieht.

»Ich bin Sieger!«, schreit Puiu voller Begeisterung.

»Nein, ich war zuerst unten«, widerspricht Maria.

»Zanken ist genauso schlecht wie angebrannte Mamaliga«, sagt Vater, der unbemerkt herangekommen ist. »Springt noch

schnell, Kinder! Ich werde aufpassen, dann braucht ihr nicht zu streiten, nachher.« Vater meint unser zweites Kukuruzspiel. Es ist viel schwieriger als das Rutschen.
Kaum, dass Vater ausgesprochen hat, ist Puiu auch schon oben auf dem Mais. Er duckt sich, verschränkt die Arme auf dem Rücken und springt. Leicht wie eine Hühnerfeder fliegt er durch die Luft und landet stehend auf dem Cerdak.
»Jetzt du, Maria!«, ordnet Vater an und klatscht in die Hände. Seine Augen blitzen. Es scheint ihm Spaß zu machen, diesem Wettspiel zuzusehen.
Aber Maria ist nicht so gelenkig wie Puiu. Sie berührt, ehe sie den Boden des Cerdaks erreicht, den Holzpfosten. Vater schüttelt den Kopf. »Nicht gut«, sagt er.
Auch Marcel schafft es nur halb. Beim Starten blickt er zu mir; dadurch verfängt er sich im Geländer des Cerdaks und landet sitzend. Das ist ein grober Fehler. Ich selbst habe keine Freude am Spiel und falle bereits einen halben Meter vor dem Holzumgang auf die trockene Erde des Hofes.
»Was ist los mit dir, Annuzza?«, ruft Vater. Und dann fügt er hinzu: »No, da kann man nichts machen. Puiu ist Sieger. Er fährt jetzt neben mir auf dem Bock.« Vater hebt Puiu auf, als wäre er nur ein leichter Maiskolben, und setzt ihn auf seine Schulter. Selten habe ich Vater so gut gelaunt gesehen. Vielleicht freut er sich auch, weil er überzeugt davon ist, dass ich die Prüfung in vierzehn Tagen nicht bestehen werde …
Während ich neben dem Wagen hergehe, überlege ich mir, dass ich noch vor einem Jahr verärgert gewesen wäre über meine Niederlage beim Kukuruzspiel. Heute ist es mir gleich. Gerne verzichte ich auf den Platz neben Vater. Und ich finde es viel wichtiger, dass ich zum Moische kann, um die Perlen zu kaufen, dass ich nachher auf der Klaka Hora tanzen werde wie Kuza und dass ich in vierzehn Tagen die Prüfung bestehe.
Seit dem Mittagessen sind mehrere Stunden vergangen. Am äußeren Ende des Maisfeldes fallen die letzten Kolben. Ich

verdrücke mich zwischen den nackten Stöcken. Leider bleibt Marcel an meiner Seite. Er möchte ein Versprechen von mir: Ich soll heute auf der Klaka mit ihm tanzen und neben ihm sitzen. Was er wohl sagen wird, wenn er erfährt, dass ich vielleicht einen Freiplatz auf der höheren Schule bekomme?
Ungeduldig stoße ich einen kleinen Stein beiseite. Marcel soll verschwinden! Ich muss doch zum Moische.
»Weißt was, Marcel, wir spielen Verstecken im Feld!«, schlage ich ihm vor.
»Tanzt du mit mir?«, fragt er.
»Ja, ja«, sage ich. Wenn ich nur irgendwie unbemerkt entwischen kann! »Du versteckst dich und ich suche dich nach einer Weile.«
Marcel nickt. Wir zählen gemeinsam bis drei.
»Aber schau mir nicht nach. Halt dir die Augen zu!«, ruft er mir zu.
Ich höre das Rascheln der Kürbisblätter. Dann ist es still. Vorsichtig blicke ich mich um. Niemand ist zu sehen. Querfeldein renne ich auf das Dorf zu. Kuza hat Recht, ich kann gar nicht mehr langsam gehen. Ob Marcel böse sein wird, wenn ich ihn nicht suche? Ach, ich werde einfach sagen, dass ich ihn nicht finden konnte. Ab und zu schaue ich zurück. Mein Fortlaufen scheint keiner bemerkt zu haben.
Ich habe nicht viel Zeit. Es ist schon spät. Bald werden die Nachbarn auf ihre Höfe zurückkehren, um sich für die Klaka zu schmücken. Ehe sie bei uns eintreffen, muss ich meinen Einkauf erledigt haben und wieder zu Hause sein.
Aber als ich endlich vor der Tür des Moische stehe, zögere ich. Bisher habe ich das kleine Geschäft bedenkenlos betreten, wenn ich für Mutter etwas holen musste; Salz, Zucker oder Gewürze. Heute ist es anders. Die fünf Lei im Gürtel drücken. Vielleicht wird mich der Moische fragen, woher ich das Geld habe. Soll ich lieber umkehren? Aber es ist zu spät. Beinahe ohne es zu wollen, habe ich die Tür aufgedrückt und die Ladenglocke läutet schrill. Ich fahre zusammen. Sonst

hat mich die Glocke nie erschreckt. Jetzt stehe ich wie festgekittet in der offenen Tür. Alle Heimlichkeiten der letzten Monate kommen auf mich zu. Wie, wenn jemand in den Laden tritt, während ich einkaufe? Jemand, der mich kennt?
Hinter dem Ladentisch taucht die wendige Gestalt des Moische auf. »Bitte zu schließen die Tür!«, ruft er mir zu. »Bitte zu treten näher!«
Ich verbeiße ein Lachen. Jedes Mal, wenn ich den Moische sehe und er spricht, muss ich heimlich lächeln. Die Leute sagen, dass er eine Perücke trage. Heute hat er ein dunkles Barett auf dem Kopf. Er wackelt bei jedem Schritt wie ein großes Uhrpendel und sein Spitzbart zittert bei jedem Wort, das er in die Länge zieht wie Mutter den Teig für die Knische. Außerdem finde ich seine Satzstellung ungewohnt und komisch. Er spricht schnell und viel.
Ich schließe die Tür. Das Klingeln hört auf. Aber in mir schrillt es weiter.
»Was ist gefällig, das Fräulein?«, fragt der Moische.
Wieso sagt er Fräulein zu mir? Das hat er noch nie getan. Weiß er denn nicht, dass ich die Annuzza Burda bin? Bisher hat er immer du zu mir gesagt. Freilich war ich schon seit mehreren Wochen nicht mehr einkaufen. Habe ich mich inzwischen verändert?
Ich recke mich ein wenig. »Ich … ich möchte Perlen«, sage ich schließlich.
»Ah, Perlen«, wiederholt der Moische, als wäre es ein außergewöhnlicher Wunsch. »Möchte das Fräulein Perlen zu schmücken den Hals – oder die Arme – oder vielleicht die Ohren?«, fragt er.
Wieder hat er Fräulein zu mir gesagt. Mag sein, dass er vom Lehrer gehört hat, dass ich zu einer Prüfung fahre in vierzehn Tagen.
»Eine Kette möchte ich«, sage ich dann schnell.
»Oh – Ketten haben wir viele, wie Sand auf der Straße. Kein Geschäft in der Stadt hat so eine Auswahl an Perlen«, erklärt

der Moische geschäftig. Seine Hände reden mit. Er eilt zu einer niederen Vitrine. Als er an den Ladentisch zurückkommt, ist sein linker Arm bis zu dem Ellenbogen mit Perlenketten behängt. Lange und kurze, bunte, weiße, glänzende, matte und dazwischen verschiedene Salbas[31]. Es klirrt und bimmelt, als hätte er sich ein Glockenspiel umgehängt.

Nun breitet er sie alle vor mir aus. Wenn man seinen Worten glaubt, so ist jede einzelne Kette ein einmaliges Stück zu einem Sonderpreis. Seine Worte fallen so schnell wie die Tropfen bei einem Platzregen. Eine Kette nach der anderen hängt er sich um den Hals. Und ich muss wieder heimlich lachen: der Moische mit einer Perlenkette!

»Das Fräulein wird sein die Schönste beim Tanz mit Perlen vom Moische«, sagt er immer wieder.

Keine der Ketten finde ich so schön wie die im Glaskasten vor dem Haus. Soll ich es ihm sagen? Aber vielleicht wird er dann beleidigt sein. Ich habe noch niemals Perlen eingekauft.

»Das Fräulein sollte nehmen eine Salba. Ist so gut wie bares Geld. Beinahe echtes Silber«, rät der Moische.

Ich schüttle den Kopf. Von Kuza weiß ich, dass eine Salba sehr teuer ist. Sie kostet mindestens zwanzig Lei. Ich aber habe nur fünf im Gürtel. »Die Kette aus dem Glaskasten möchte ich kaufen«, sage ich hastig.

»Das Fräulein muss sich irren. Es ist eine billige Kette, eine schäbige Kette. Sie kostet nur vier Lei und fünfzig Bani.«

»Ja, ja, gerade die«, beteuere ich.

Der Moische sieht mich beleidigt an. Mit einer geringschätzigen Gebärde räumt er die Kette aus dem Glaskasten.

Oh, wie schön sie ist! Die Perlen leuchten in allen Regenbogenfarben. Und sie kostet nur viereinhalb Lei.

Eilig bezahle ich und stecke die Kette zusammen mit dem Wechselgeld in meinen Gürtel.

»Buna seara«, sage ich und gehe zur Tür.

»Buna seara, das Fräulein«, sagt der Moische. »Bitte zu beehren mich wieder.« Dabei macht er eine kleine, beinahe

[31]Salba = Halskette aus Münzen, wird von rumänischen Bäuerinnen gerne und viel getragen.

zaghafte Verbeugung. Ich weiß, dass er bei größeren Einkäufen sehr viele und tiefe Buckel zustande bringt. Aber es berührt mich nicht. Ich habe die Perlen, glänzende, glitzernde, bunte Perlen. Den ganzen Heimweg über halte ich die Hand am Gürtel, und so kann ich jede einzelne Glaskugel fühlen.

Plötzlich bleibe ich stehen. Hätte ich vielleicht mit ihm handeln sollen? Vater sagt, dass man mit dem Moische feilschen muss. Er rechne damit, meint Vater. Nun habe ich es einfach vergessen. Mag sein, dass er mir die Kette um vier Lei gegeben hätte.

Ach, es ist gleich. Die Perlen sind ohnehin billig, beruhige ich mich selbst. Dass ich sie mit Bunikas Geld gekauft habe, daran denke ich nicht, daran will ich nicht denken. Aber ich sollte bald daran erinnert werden.

Die Kukuruzklaka

Ich habe mich umgezogen. Nun stehe ich in unserer Kammer vor Kuzas Spiegel. Leider ist er so klein, dass ich mich nur stückweise darin sehen kann. Auf mein Haar habe ich etwas aufgelöstes Schweineschmalz geschüttet. Nun glänzt es wie Seide. Über der Katrinza hängen die bunt bestickten Gürtelenden. Ich schmücke mich mit der Kette, mal so, mal so. Am schönsten aber finde ich die Perlen über dem glatten Hemdausschnitt. Ich habe sie zweimal um den Hals geschlungen, und sie streicheln meine Haut wie eine warme Hand. Heute bin ich sogar ein kleines bisschen hübsch, stelle ich fest und freue mich darüber.

In der Tinda und auf dem Cerdak höre ich Schritte und Stimmen. Sicher sind die ersten Nachbarn eingetroffen. Eigentlich müsste ich jetzt hinausgehen. Stattdessen greife ich nach dem aufgeschürzten Zipfel der Katrinza, unter dem der reich bestickte Hemdsaum zu sehen ist, und drehe mich im Kreis.

Die Perlen klirren verhalten bei jeder Wendung. Ab und zu kann ich mich kurz im Spiegel erblicken.
Während ich noch ganz versunken bin in meinen Tanz, geht die Tür auf und Kuza kommt herein. Was sie wohl zu meinen Perlen sagen wird? Ich stelle mich so hin, dass der Kerzenschein auf mich fällt, und schaue sie erwartungsvoll an.
»Bist du fertig, Annuzza?«, fragt Kuza und blickt an mir vorbei in den Spiegel.
Ist es möglich, dass sie meine Perlen nicht bemerkt? Ich bin enttäuscht und gekränkt. »Sieh mich doch an!«, sage ich und strecke den Hals ein wenig vor. Kuza dreht sich um und stutzt. Nun muss sie etwas sagen – oder findet sie die Perlen so schön, das sie gar nichts sagen kann?
»Woher hast du die Perlen?«, höre ich Kuza fragen.
Ich fahre mit der Hand zum Hals. Dass ich so gefragt werden könnte, daran habe ich in meiner Aufregung gar nicht gedacht. Woher habe ich die Perlen? Was soll ich darauf antworten? Mutter wird es fragen und Vater und Bunika. Diese Frage ist wie ein Steinschlag, der auf meine Freude fällt und sie verschüttet.
Kuza zieht meine Hand fort und greift nach den Perlen.
»Sie sind neu«, sagt sie. »Wo hast du sie her?«, fragt sie mich erneut.
»Ich … ich hab sie gekauft«, antworte ich zögernd.
»Und das Geld?«
»Das hab ich halt gehabt«, sage ich trotzig. Warum fragt Kuza so viel?
»Woher hast du's gehabt?« Kuza hält mich mit ihrem Fragen fest. Und die Kammer ist so klein, dass ich keinen Platz finde, um an ihr vorbei aus der Tür zu schlüpfen.
»Das ist doch gleich, woher«, antworte ich.
»Es ist nicht gleich«, meint Kuza hartnäckig. »Sag's schon!«
»Von … von Bunika.«
»Das ist nicht wahr«, behauptet Kuza und schüttelt den Kopf, dass ihre langen silbernen Ohrgehänge klirren.

»Doch, es ist wahr«, versuche ich mich zu verteidigen.
»Bunika verschenkt kein Geld«, sagt Kuza.
»Ich… ich habe es mir selbst genommen.« Meine Stimme ist sehr leise. Ich halte den Kopf gesenkt und nehme die Perlen mit müden Händen ab.
»Annuzza«, sagt Kuza und ergreift meine Schultern, »du hast Bunika bestohlen …«
Ich schüttle ihre Hände ab und werfe mich auf ihr Bett. Die Hand mit den Perlen verstecke ich unter dem Kopfkissen. Mein Gesicht ist nass von Tränen. Kuza hat es klar und deutlich ausgesprochen, was ich mir bisher nicht eingestehen wollte: Ich habe gestohlen … Die Perlen kann ich heute Abend nicht tragen, heute nicht und niemals.
Kuza setzt sich an die Bettkante. Ihre Hand fährt über mein Haar. »Annuzza«, sagt sie leise, »sei froh, dass ich dich gesehen habe, bevor du mit den Perlen hinausgegangen bist. An deiner Stelle würde ich zum Moische gehen und ihm die Kette zurückbringen.«
Ich muss laut schluchzen. Die Perlen …, ich will die Perlen behalten …
»Wein doch nicht, Annuzza! Weißt du, ich hab noch nie darüber nachgedacht, aber ich glaube, keine Perlenkette kann so schön sein wie ein gutes Gewissen. Gib mir die Perlen, Annuzza!«
Mein Gesicht ist im Kissen vergraben. Langsam ziehe ich die Hand hervor und lasse die Perlen zögernd in Kuzas Schoß fallen. Eine nach der anderen entgleitet mir. Ich mag nicht hinsehen. Am liebsten würde ich jetzt hier in der Kammer bleiben und nicht zur Klaka gehen. Auch bei der Prüfung werde ich nun keine Perlen tragen. Anstelle der bunten Kette habe ich nur noch Tränen und ein verweintes Gesicht.
Da zieht mich Kuza hoch. Mit dem breiten Ärmel ihres Hemdes wischt sie mir über die Wangen. Wie durch einen trüben Schleier kann ich sehen, dass Kuza an ihre Truhe geht. Als sie zu mir zurücktritt, hält sie eine rote Perlenkette in der Hand.

»Nimm sie für heute Abend, Annuzza. Damit du wieder lachen kannst. Und morgen legst du das Geld, das ich vom Moische bekomme, in Bunikas Krug zurück.«
Bei diesen Worten dreht sie mich wie eine Kurbel zweimal um die eigene Achse. »Lach, Annuzza, lach! Du wirst dir noch viele Perlen kaufen können, später einmal. Nur stehlen darfst du nie mehr. Versprich es mir!«
»Ich verspreche es dir«, sage ich langsam. Und ich verspreche es auch mir selbst.
Dann gehe ich hinter Kuza durch die Feiertagsstube und die Tinda auf den Cerdak. Wie gut ist es, dass der Himmel seine fernen Lichter angesteckt hat! In der Dunkelheit wird niemand erkennen können, dass ich geweint habe.
Im Hof kommt uns Mutter entgegen. »Wo wart ihr so lange?«, fragt sie. »Die Nachbarn sind alle schon da.«
Kuza legt ihren Arm um meine Schulter. Dabei spüre ich den Druck ihrer warmen Finger.
»Ich habe mich noch zurechtgemacht«, erklärt sie. »Und Annuzza hat auf mich gewartet.«
»Jetzt müsst ihr euch aber beeilen, dass die Arbeit vorangeht«, sagt Mutter.
In einem großen Kreis sitzen alle um den hohen Maisberg herum. Ich sehe Vater und schiebe mich an ihm vorbei zu einer offenen Stelle in der Runde. Stimmen summen durcheinander, es wird gelacht und gescherzt.
»Denk nicht mehr an die Perlen«, flüstert Kuza mir zu. »Schau lieber, wie schön der Abend ist!« Ihr Gesicht ist den Sternen zugewandt. Kuza ist noch viel schöner als dieser klare Herbstabend und sie ist auch gut. Schön und gut, das ist es wohl, warum ich sie so liebe. Den Zopf hat sie zu einer Krone aufgesteckt; in das blonde Haar hat sie zwei glänzende Seidenbänder eingeflochten, ein rotes und ein blaues.
Neben Kuza sehe ich bestimmt wie eine kleine schwarze Ameise aus. Aber heute bereitet es mir keinen Kummer. Ich bin Kuza so dankbar.

»Du hast mir ein Versprechen gegeben, heut Nachmittag«, höre ich Marcels Stimme hinter mir. Ich wende mich um. Wie erwachsen Marcel in dem breit bestickten Sonntagshemd aussieht! Mein Versprechen habe ich ganz vergessen. Nun rücke ich näher an Kuza heran und mache Marcel einen Platz neben mir frei. Er setzt sich; wortlos greifen wir beide nach den Kolben. Bei einem kurzen Seitenblick stelle ich fest, dass ein Lächeln auf Kuzas Gesicht liegt.
Ist es, weil Marcel neben mir sitzen wollte? Lacht sie mich aus? Oder freut sie sich?
Ich schaue mich ein wenig um. Kuza hat Recht, es ist ein schönes Bild. Der Mond sieht aus wie eine sparsame Laterne. In seinem gelblichen Schein wirken die Gestalten in ihren hellen Hemden rund um den aufgetürmten Maisberg wie jene Strohpuppen, die Mutter im Sommer zum Schutz des Getreides in den Feldern verteilt. Nur die vielen Hände bewegen sich; sie lösen schnell und geschickt die halb dürren Blätter und die braun schimmernden Flachshaare von den Kukuruzkolben. Danach wird der ausgeschälte Mais mit schwungvollen Bewegungen über den Rücken geworfen. Um den Menschenkreis herum bildet sich ein zweiter: ein Kreis aus nackten, goldglänzenden Kolben.
Ob Herr Morianu wohl auch schon da ist? Zu dieser Klaka wurde er ebenso wie der Bürgermeister eingeladen.
»Suchst du wen?«, fragt Marcel an meiner linken Seite. Seine Stimme klingt, als sei er böse. Was hat er nur?
»Ich suche den Lehrer«, antworte ich.
»Der sitzt drüben bei deinem Vater.« Und nach einer Weile fragt er: »Ist das wahr, Annuzza, dass du zu einer Prüfung in die Stadt fährst?«
Mein Herz macht einen kleinen, aufgeregten Sprung. Ich spüre es deutlich. »Woher weißt du das?«, frage ich zurück.
»Ich hab gehört, wie der Lehrer es zu deinem Vater gesagt hat«, antwortet Marcel mit rauer Stimme. »Dann gehst du fort aus dem Dorf, vielleicht für immer«, meint Marcel.

»Vielleicht«, sage ich.
»Warum hast du mir nichts davon gesagt?«
»Weil es nicht sicher ist, dass ich die Prüfung bestehe. Und meine Mutter sagt, dass man über unausgebrütete Eier nicht gackern soll«, versuche ich zu scherzen.
Aber Marcel scheint nicht zum Scherzen aufgelegt. »Dann wünsch ich dir, dass du die Prüfung nicht bestehst«, sagt er schroff und springt auf.
Mag er fortlaufen. Er wünscht mir, dass ich durchfalle. Marcel ist hart und verständnislos wie Vater, denke ich. In diesem Augenblick fallen zwei Lichtstreifen über den Hof.
Vater hat die Naphthalampen an die Pfeiler des Cerdaks gehängt. Ich sehe, wie Mutter auf dem Tisch, der aus der Küche in den Hof gestellt worden ist, die Knische ausrichtet. Einige Männer stehen auf und greifen nach ihren Musikinstrumenten, die sie auf dem Cerdak abgestellt haben. Jetzt, in der Arbeitspause, in der gegessen, gespielt und getanzt wird, kann ich vielleicht mit dem Lehrer sprechen.
Vater ist gerade dabei, in einer Ecke des Hofes das Reisigfeuer zu entzünden. Die Flammen zeichnen flackernde, spaßige Gestalten auf den halb abgetragenen Maisberg.
In den vergangenen Jahren habe ich zuweilen heimlich von der Tinda aus der Klaka zugeschaut. Nun bin ich zum ersten Mal mit dabei. Allmählich vergesse ich meinen Kummer wegen der Perlenkette.
»No, Annuzza, ist's schön?«, fragt Mutter, die mit einem Brett voller Knische an mir vorbeigeht.
»Ja, sehr«, antworte ich und springe auf.
Da erklingt die erste Hora mare[32]. Mehrere Paare ordnen sich zu einem Kreis und verschlingen ihre Arme an den Schultern der Partner. Die Sitzengebliebenen klatschen in die Hände. Beim Schein des offenen Feuers finde ich den Reigentanz besonders schön. Zwischen der Zimbel, der Rohrflöte und der Cobza tönt immer wieder die Geige des Bürgermeisters wie der Ruf eines sehnsüchtigen Vogels.

[32]*Hora mare = großer Kreistanz, der sich dann in einzelne Paare auflöst.*

Marcel ist mir gefolgt. »Vater sagt, sie werden gleich eine Moldoveneasca[33] spielen. Tanzt du dann mit mir?«, fragt er und fasst mich an der Hand.
»Ich hab gedacht, du wärst fortgegangen«, sage ich und will ihm meine Hand entziehen.
Aber er hält sie fest. »Ich hol mir nur den Tanz, den du mir versprochen hast.«
»Du bist böse auf mich – warum willst du dann mit mir tanzen?«, frage ich.
Marcel schweigt. Auch sein Gesicht gibt mir keine Antwort. Im Schein des Feuers sieht es wie eine unbewegliche Maske aus. Die schrägen Augen blicken kühl und verraten nichts. Er dreht mich im schnellen Rhythmus des Tanzes, dass ich ganz atemlos bin. Oh, es macht Spaß, mit Marcel zu tanzen! Mein Zopf löst sich und fliegt wie eine zusammengerollte Fahne bei jeder Drehung mit. Als die Musik schließlich verstummt, sagt Marcel: »Wenn du in die Stadt gehst, wirst du trotzdem eines Tages zurückkommen.«
»Nie!«, antworte ich trotzig und stampfe mit dem Fuß auf den Boden.
»Doch«, sagt Marcel kurz. »Und dann werden wir wieder miteinander tanzen.«
Ich will ihm zurufen, dass ich nicht daran denke. Dass ich nie mehr mit ihm tanzen werde, wenn er so böse zu mir ist. Aber ich bin allein. Marcel ist im Dunkel des Hoftors untergetaucht und verschwunden.
Er ist ein – ein Banause!, denke ich voller Empörung. Er wird ja sehen, dass ich für immer in der Stadt bleibe, wenn ich die Prüfung bestehe.
»Nun, Annuzza, du schaust aus, als hätte dich jemand in kaltes Wasser getaucht.«
Herr Morianu steht auf einmal neben mir und blickt mich forschend an.
Ich schüttle heftig den Kopf und stecke meinen Zopf wieder fest. »Nein«, sage ich. »Es ist nichts.«

[33] *Moldoveneasca = rumänischer Volkstanz.*

Als der Lehrer sich wieder entfernen will, bleibe ich an seiner Seite.
»Bitte, Herr Lehrer, glauben Sie, dass ich die Prüfung bestehen werde?«, frage ich zaghaft.
»Hast du Angst, Annuzza?«
»Ja«, sage ich.
»Erinnerst du dich an den Sonntag, als der Wind sich auf dem Cerdak in den Schwanz biss?«, fragt der Lehrer.
Ich nicke. Da sagt Herr Morianu: »Du musst halt Acht geben, dass es dir nicht auch so ergeht. Manchmal benehmen wir Menschen uns nicht anders als der Wind, zum Beispiel, wenn wir Angst haben. Dann kann es passieren, dass wir uns selbst beißen. Aber wenn du ruhig bist und dir bei der Prüfung vorstellst, du stündest in unserer Klasse vor der Tafel und ich würde dich prüfen, dann wirst du die richtigen Antworten schon finden.«
»Glauben Sie es wirklich, Herr Lehrer?«
»Eigentlich ja«, sagt er, und ich spüre, dass er mir mit seinen Worten Mut machen will.
Trotzdem merke ich, dass man die Angst nicht fortjagen kann wie einen Hund.
Wenn die Klaka zu Ende ist, wenn die Geige schweigt und die Nachbarn nach Hause gehen, werde ich vierzehn Tage lang allein sein mit meiner Angst.

Die Prüfung

Kuza hatte die Perlen dem Moische zurückgebracht. Sie bekam aber nur vier Lei dafür. Er hatte behauptet, sie sei nun getragen und er könne sie nicht mehr für neu verkaufen. Mir fehlten also fünfzig Bani. Ich klagte Kuza mein Leid und sie gab mir daraufhin das fehlende Geld. Kuza verdient im Monat zehn Lei, denn sie hilft zweimal in der Woche der Frau Lehrer und der Popadia im Haushalt.

So konnte ich die fünf Lei am Tag nach der Klaka unbemerkt in Bunikas Krug werfen.
Deutlich sah ich, wie Bunika ungläubig den Kopf schüttelte, als sie ihren Zehent zählte. Aber sie sagte nichts und schien sogar recht zufrieden und guter Laune zu sein. Ich merkte es daran, dass sie Puiu zum Moische schickte. Er solle ein Tüte mit Lutschbonbons kaufen. Jeder von uns bekam eines aus dem vollen Säckchen. Den Rest tat Bunika zu dem Zehent.
Mit den fünf Lei war auch mein schlechtes Gewissen in den Krug gefallen. Ich spürte es erst nachher, als ich singend auf dem Cerdak stand und mit Kuza und Puiu die ausgelösten Maiskolben auf eine Schnur fädelte. Vater befestigte die Schnur rund um das Haus herum am Dach. Nun trug unser Haus einen schmalen Vorhang wie aus lauter dicken gelben Wachskerzen. In einigen Wochen wird der Mais trocken sein. Dann werden wir die Körner abraspeln und in die nahe Mühle fahren. Wir?
Meine Gedanken wanderten in die Stadt. Werde ich dann noch hier sein, im Dorf auf unserem Hof? Täglich suchte ich das Gelernte zu wiederholen. Ich stellte mir selbst Fragen und beantwortete sie. Es klappte vorzüglich. Trotzdem kamen mir Zweifel, da ich nicht wusste, ob man bei der Prüfung auch wirklich diese Fragen stellen würde.
Die Tage vergingen immer schneller, je näher die Prüfung rückte. Weder Vater noch Mutter erwähnten das bevorstehende Ereignis. Ich kam mir vor wie ein kleiner Vogel, der den Flug nach Süden verpasst hat. Niemand und nichts würde mich beschützen. Ich wagte nicht einmal, mich danach zu erkundigen, wie ich in die Stadt gelangen würde.
Zwei Tage vor der Prüfung saßen wir wie jeden Mittag gemeinsam um den Tisch herum. Jeder von uns hatte einen Teller mit Mamaliga und Bohnen vor sich stehen.
»Übermorgen brauche ich den kleinen Wagen und Huzu«, sagte Mutter plötzlich. »Das Pferd muss gut gestriegelt sein, Burda.«

»Wozu?«, fragte Vater.
»Ich fahr Annuzza in die Stadt – sie hat Prüfung«, antwortete Mutter kurz.
Kuza zwinkerte mir freudig zu. Puiu schnitt eine seiner Grimassen. Bunika schüttelte mit dem Kopf wie immer, wenn sie unzufrieden mit irgendetwas war. Vater aber brummte unmutig: »Nimm auch die Eier und die Butter mit auf den Markt. Damit sich die Fahrt lohnt. Die Annuzza bringst sowieso wieder zurück.«
»No, wir werden sehen«, sagte Mutter.
Ich erinnerte mich, dass sie Vater vor Monaten, nach dem Sonntagsbesuch des Lehrers, mit den gleichen Worten geantwortet hatte.
Ich konnte keinen Bissen mehr hinunterschlucken. Vor Freude und Aufregung und Angst war ich ganz satt.
Übermorgen würde der große Tag sein, den ich seit Monaten fiebernd erwartete. Und ich wusste nicht, ob er mir den Abschied vom Dorf oder eine demütigende Rückkehr bringen würde, dieser Tag in achtundvierzig Stunden …
Eine Nacht kann so lang sein wie ein Weg ohne Ziel. Ich erlebte es zum ersten Mal vor dem Tag der Prüfung. Mit offenen Augen lag ich in meinem Bett und starrte auf die weiß getünchte Decke unserer Kammer. Oft dachte ich, nun müsse es bald Morgen werden. Dann schlug die Kirchturmuhr und es war wieder nur eine Viertelstunde vergangen. Ich wusste nicht, ob es stimmte, aber als die Sonne aufging, hatte ich das Gefühl, die ganze Nacht über wach gewesen zu sein. Die Augen taten mir weh und meine Füße waren schwer. Am liebsten wäre ich liegen geblieben und hätte den ganzen Tag verschlafen. Aber da öffnete Mutter die Tür und rief: »Aufstehen, Annuzza! In einer halben Stunde fahren wir.«
Als ich aus meinem Bett auf den Fußboden sprang, sah ich, dass auch Kuza wach war.
Sie richtete sich ein wenig auf und sagte: »Nimm dir aus meiner Truhe den blauen Rock und die weiße Bluse, Annuzza.

Ich hab sie gestern Abend abgeändert. Nun werden dir die Sachen sicher passen. Auch die Spangenschuhe kannst du für heute haben.«
»Oh, Kuza«, sagte ich nur. Eigentlich hätte ich ihr richtig danken müssen. Doch ich legte nur kurz meine Hand auf ihre Decke. Kuza hatte die Stadtkleider von dem Geld gekauft, das sie bei der Popadia und bei der Frau des Lehrers mit ihren Aushilfsarbeiten verdiente. Zu Hause durfte sie die Sachen nicht tragen, Vater gestattete es nicht. Aber wenn sie zuweilen in die Stadt fuhr, nahm sie sie heimlich mit und zog sie unterwegs an. Woher wusste sie, dass es mir Kummer bereitet hätte, in der Katrinza und in meinem schlichten Hemd, mit Opanken an den Füßen zur Prüfung zu fahren?
Ich trat an Kuzas Truhe und öffnete sie. Obenauf lagen die Sachen, Rock und Bluse, die genauso waren wie die Kleider, die man in der Stadt trug. Ich zog sie an und hatte das Gefühl, plötzlich erwachsener zu sein. Auch die flachen schwarzen Schuhe passten mir, als hätte ich sie beim Moische für mich gekauft. Herr Morianu und Marcel und alle in der Klasse sollten mich jetzt sehen, wünschte ich mir.
Ich öffnete einen Fensterflügel und versuchte mich darin zu spiegeln. Draußen auf dem Hof spannte Vater Huzu vor den leichten Wagen. Kuza war inzwischen aufgestanden. Bevor ich die Kammer verließ, legte ich schnell, als täte ich etwas Verbotenes, meinen Arm um ihren Hals und gab ihr einen Kuss. Dann eilte ich in die Küche, um mich zu waschen. Das kalte Wasser kühlte meine Augen. Nur die Angst vor diesem Tag spülte es nicht fort. Gerade als ich Gesicht und Hände trocknete, wurde die Tür vom Cerdak her geöffnet. Vater und Mutter betraten hintereinander die Küche. Ich wollte ihnen erzählen, dass Kuza mir ihre Kleider geborgt habe. Aber ich kam nicht dazu.
»Was soll das?«, schrie Vater und fasste mit seinen rissigen Fingern nach dem weißen Blusenärmel. »Ist das hier ein Zirkus oder was denkst du?«

Seine Stimme überschlug sich fast. Ich trat einen Schritt zurück und lehnte mich an die Herdkante.
Mutter blickte mich vorwurfsvoll an.
»Still, Burda, still!«, sagte sie.
Aber Vater war zu aufgebracht.
»Du bist kein Stadtfräulein. Du bist meine Tochter, ein Bauernkind. Verschwinde! Zieh dich um. Lass dich nicht noch einmal so vor mir blicken!«
Voller Zorn stieß Vater mit dem Fuß gegen die Ofenbank, dass sie polternd auf mein Bein fiel. Es tat weh. Ich biss die Lippen zusammen, um nicht zu jammern. Das hätte Vater noch mehr erbost.
»Geh und zieh dich um, Annuzza!«, sagte Mutter und schob mich aus der Küche.
Das Bein schmerzte. Der Anfang des Tages erschien mir wie ein böses Vorzeichen. Als ich wieder in die Kammer zurückkehrte, konnte ich an Kuzas Blick erkennen, dass sie Vaters Schreien gehört und verstanden hatte. Wortlos half sie mir beim Umkleiden. Das saubere Leinenhemd war viel steifer als die Stadtbluse. Ich fühlte es hart wie ein Brett um meine Schultern. In meinen gewohnten Alltagskleidern und mit den Opanken schien es mir, als würde ich heute nicht zu der Prüfung fahren. Aber als ich hinter Kuza in die Küche kam, sah ich durch die offene Tür den Wagen im Hof stehen. Vater und Bunika waren nicht da. Mutter mahnte mich mit einer Handbewegung aufzusteigen.
Puiu war gerade dabei, Huzu je eine rote Aster hinter die Scheuklappen zu stecken. »'s ist, damit Huzu weiß, dass er zu einer Prüfung fährt!«, rief er mir zu.
Das ist nett von ihm, dachte ich und stieg auf. Mutter hielt die Zügel lose in der Hand, denn Huzu wusste auch so, dass er nun lostraben sollte. Der Wagen fuhr an. Kuza begleitete uns bis zum Hoftor. Ihre Hand lag in meiner und ich spürte den Druck ihrer Finger. Ich spürte, was sie mir damit sagen wollte. Wir holperten auf dem Feldweg der Dorfstraße zu. Bevor

der Wagen um eine Kurve rollte, blickte ich mich noch einmal um.

Im Licht des Morgens lag das tief gezogene Schindeldach wie eine dunkle Decke über dem hellen Haus. Der braune Strich, der sich in der Ferne bewegte, war Kuzas Arm. Sie winkte mir nach. Und ich wusste, dass sie mich mit guten Gedanken auf dieser Fahrt und auf diesem Weg begleitete.

Obwohl ich schon mehrmals mit Mutter in die Stadt gefahren war, schien diesmal die Reise kein Ende zu nehmen. Die Luft war so klar, dass man durch sie hindurchblicken konnte wie durch eine blank geputzte Fensterscheibe. Man sah sogar die Kammspitzen der Karpaten im Westen und Südwesten.

Unsere Fahrt ging nach Nordosten zu der großen Stadt am Pruth. Ich fieberte der Stadt entgegen. Im Spätherbst war ich diesen Weg noch nie gefahren. Ein paarmal durfte ich bisher Mutter im Sommer begleiten, wenn sie die Waren zum Markt brachte. Meistens waren wir dann mitten in der Nacht aufgebrochen, um zeitig am Morgen dort zu sein. Ich hatte nie viel von der Stadt gesehen. Mutter lenkte den Wagen stets geradewegs zum Markt. Dort saß ich neben ihr, bis die Waren verkauft waren. Hatte Mutter noch etwas zu besorgen, so passte ich solange auf Huzu und unseren Wagen auf. Dann aber ging es auf demselben Weg, auf dem wir gekommen waren, wieder ins Dorf zurück.

Als wir uns der Pruthebene näherten, hielt Mutter den Wagen an. Sie wendete sich um und holte unter dem Sitz ein Päckchen hervor. »Hier, zieh sie an!« Es waren Mutters erste Worte auf dieser Fahrt. Aber das hatte mich nicht erstaunt, weil sie niemals viel mit mir sprach.

Ich ergriff das Päckchen und schnürte es auf. Die Schuhe! Kuzas schwarze Halbschuhe!

»Mamika … Mamika …!«, stammelte ich. »Dass du das für mich …«

»Sprich nicht so viel!«, gebot mir Mutter. Sie straffte die Zügel und Huzu zottelte los.

Ich war Mamika dankbar wie nie zuvor. Zum ersten Mal kam mir der Gedanke, sie könne sich wünschen, dass ich die Prüfung bestehe. Es war eigenartig, aber plötzlich hatte ich viel mehr Mut und Zuversicht. Als wir in den Vorort der Stadt einfuhren, klebten meine Hände nicht mehr angstvoll aneinander wie am Morgen bei der Abfahrt. Ich blickte mich um und stellte fest, dass die braungrauen Häuser der Vorstadt viel trauriger aussahen als die Häuser unseres Dorfes. Bisher war es mir noch niemals aufgefallen. Die Stadt, das bedeutete für mich immer nur: große Steinbauten, gepflasterte Straßen, gut gekleidete Menschen, glänzende Pferderücken und Autos. Jetzt sah ich zum ersten Mal, dass es eine zweite Stadt gab, und ich musste dabei an Drago denken: die Stadt der Einsamen und Armen. War es gar nicht so wünschenswert, hier zu leben?
Der Wagen rollte am Bahnhof vorbei. Dann schnaubte Huzu angestrengt, denn es ging steil bergauf in die Stadt hinein. Der Rathausplatz, den ich bereits kannte, rundete sich um ein großes Denkmal und eine herbstliche Rasenfläche. Die Straßenbahn überholte uns klingelnd. Huzu spitzte aufgeregt die Ohren und ich musste lachen, weil er plötzlich zu tänzeln begann wie die Pferde der schwarz lackierten Fiaker, denen wir in den Straßen begegneten. Oben auf dem Rathausturm sah ich die Feuerwache auf und ab gehen. Dann bogen wir in eine breite Straße ein, die ich noch nicht kannte. Woher wusste Mutter den Weg? Hatte sie vorher einmal danach gefragt? Ich erblickte einen mächtigen Bau – er sah aus wie eine Kirche, aber die Kuppel trug kein Kreuz.
Als ich Mutter danach fragte, sagte sie kurz: »Das ist der Tempel, Annuzza.«
Ich wusste nicht, was ein Tempel ist, aber ich fragte nicht weiter. Es gab zu viel, was ich sehen wollte.
Vor allem erschienen mir die Bäume, die an beiden Seiten der Straße standen, sonderbar. Sie standen wie Zaunlatten genau nebeneinander, und einer sah aus wie der andere. Da-

bei wusste ich doch, dass kein Baum dem anderen gleicht. Mutter musste meinen erstaunten Blick bemerkt haben, denn sie sagte: »Die Bäume sind gestutzt, Annuzza. Sie dürfen hier nicht so wachsen wie bei uns auf dem Land. Auch die Menschen leben hier nicht immer so, wie sie wollen.«

Was meinte Mutter damit? Dachte sie vielleicht an die geduckten, schmutzigen Vorstadthäuser?

Wenn ich später an diese Fahrt zurückdachte, wurde es mir klar, dass ich alles in mich aufgenommen hatte – nur die Menschen hatte ich nicht beachtet.

Dann hielten wir vor einem Bau, der mir wie eine riesige Schachtel erschien. Eine weiße Schachtel mit grünen Fenstern und einer großen grünen Tür – beinahe wie ein Scheunentor, dachte ich noch, ehe ich vom Wagen sprang.

Mutter machte keine Anstalten, vom Wagen zu steigen. Sollte ich da ohne sie hineingehen?

»Nu, geh schon!«, sagte sie. »Ich fahr jetzt auf den Markt und warte nachher hier auf dich.«

Bei diesen Worten fuhr sie auch schon an und der Wagen verschwand um die nächste Ecke. Ich war allein.

Gerade als ich die Stufen zur Eingangstür hinaufstieg, sah ich eine Gruppe von Mädchen herankommen. Sie waren kaum größer als ich. Und doch fand ich, dass sie anders und viel älter aussahen. Ich blieb stehen und ließ sie an mir vorbei. Sie lachten und redeten, als müssten sie sich schnell noch etwas Wichtiges erzählen. Alle trugen sie schwarze Kittelkleider mit weißen Kragen. Ich kam mir in meiner Bauerntracht dagegen beinahe bunt und aufgeputzt vor. Nur die Haare der Mädchen flatterten lang und lose bei jedem Schritt.

Alle hatten dunkelblaue Mützen auf, die wie kleine Teller aussahen und über der Stirn eine goldgestickte Aufschrift trugen. Keines der Mädchen beachtete mich.

In einem kleinen Abstand betrat ich hinter ihnen die Schule. Schon nach den ersten Schritten blieb ich staunend stehen. Der Boden war hell und glänzend wie die Eisfläche unseres

Dorfteiches im Winter. Über mir wölbte sich die Decke wie in der Kirche. Ich hatte noch nie ein Haus gesehen, in dem die Räume so groß und so hoch waren wie hier. Vorsichtig, um mit den ungewohnten Schuhen nicht auszugleiten, ging ich weiter. So viele Türen, dachte ich. Und alle waren sie gleich. Grün gestrichen, hoch und geschlossen.
Ich beobachtete, wie die Mädchen hinter einer dieser Türen verschwanden, und beschloss ihnen einfach zu folgen. Mein Herz flatterte wie beim Einkauf der Perlen beim Moische. Vielleicht sogar noch ein wenig erregter.
Ich klinkte die Tür auf, durch die vorhin die Mädchen gegangen waren. Vorsichtig trat ich ein und erschrak. Vor mir weitete sich ein Zimmer, groß wie ein Saal. In grün lackierten Bänken saßen lauter schwarz gekleidete Mädchen mit weißen Kragen und ernsten Gesichtern. Die Gestalten waren ausgerichtet wie die Bäume entlang der Straße, durch die wir gefahren waren. Wie auf einen unhörbaren Befehl hin blickten sie mich alle an.
»Wen suchst du?«, fragte mich jemand. Jetzt erst bemerkte ich ein Pult und eine Frau, die dahinter saß. Sie war jung und blond und hatte freundliche Augen, wie Kuza.
»Ich will zur Aufnahmeprüfung«, antwortete ich leise.
»Die ist in einer anderen Klasse«, sagte die Frau. »Führ sie hin, Zaruk!«
Aus der ersten Bankreihe stand sofort ein Mädchen auf und trat auf mich zu. »Komm mit!«, forderte sie mich auf.
Ich folgte dem Mädchen durch einen langen Korridor, über eine breite Treppe und wieder durch einen langen Gang. Sie sprach kein Wort. Ich gehöre ja nicht hierher, überlegte ich. Deshalb spricht sie nicht mit mir. Vielleicht ist es auch gar nicht schön, in diese Schule zu gehen. Und die Vorstadthäuser sind auch nicht schön. Die Bäume werden gebändigt. Bei uns auf dem Dorf wächst alles so, wie es wachsen will.
Plötzlich blieb das Mädchen stehen. Ich stieß beinahe auf sie, weil ich nicht darauf geachtet hatte.

»Hier ist es«, sagte sie, wandte sich um und ließ mich allein. Wieder eine grüne Tür, dachte ich. Und als ich eintrat, zaghaft und ängstlich, hatte ich beinahe den Wunsch, die Prüfung nicht zu bestehen.
Dann sah ich erst, dass die Kinder in dieser Klasse keine schwarzen Kleider trugen. Ich erblickte auch einige Bauernmädchen mit streng gescheitelten Haaren, wie ich sie hatte. Anstelle des Katheders stand ein langer Tisch vor der Wandtafel. Mehrere Männer und Frauen saßen dahinter. Sie spielten mit Federhaltern oder blätterten in Heften.
»Komm näher!«, sagte ein Herr zu mir, der mich an den fremden Mann im Schlitten erinnerte, aber er war es nicht. Er fragte mich nach meinem Namen, woher ich komme und erklärte dann, dass ich zu spät dran sei. Er sagte es leise, aber tadelnd, und ich entschuldigte mich. Dann saß ich unter den anderen Mädchen in einer grünen Bank, und die Prüfung, die ich gefürchtet und zugleich erwartet hatte, begann.

Nachher, als alles vorüber war und ich neben Mutter heimwärts fuhr, überlegte ich mir, dass eine Prüfung gar keine Prüfung mehr ist, wenn man die Angst davor verliert. Ich habe, als ich den Aufsatz schrieb, die Rechenaufgaben löste und mündlich befragt wurde, immer daran gedacht, dass ich ja gar nicht unbedingt in diese Schule will. Und als ich ein Gedicht aufsagen sollte, fiel alles, was mich geängstigt hatte, von mir ab. Ich stand vor der Tafel und sagte:

»Draußen, vor den gelben Feldern
und den satten Wäldern …«

Bei diesem Gedicht war es sehr still in dem Prüfungszimmer. Die Lehrer und Lehrerinnen blickten auf mich, und ich sah, wie sie einander zunickten. Warum, das wusste ich nicht.
Vieles an diesem Vormittag glitt schattenhaft und unwirklich an mir vorbei. Manchmal hatte ich das Gefühl, alles nur zu träumen. So auch die Stunde nach der Prüfung, als unsere beschriebenen Zettel eingesammelt waren und wir unter

Aufsicht einer Lehrerin auf die Ergebnisse warten sollten. Wie anders war es doch bei uns auf dem Dorf! Wir kannten uns alle. Hier waren wir uns fremd. Ab und zu sprachen wir miteinander. Neben mir saß ein Mädchen in einem roten Kleid. Ihre braunen Haare hingen ihr lose bis zu den Schultern, und sie beachtete mich nicht. Niemand wusste, dass ich Annuzza heiße, dass wir das schönste Maisfeld des Dorfes besitzen und dass ich schon bei der Kukuruzklaka dabei gewesen bin. Vielleicht würde ich diese Mädchen nie mehr wieder sehen.

Ich habe die Prüfung wohl nicht bestanden, dachte ich immer wieder. Dann ging endlich die Tür auf. Mit feierlichen Mienen betraten die Lehrer und Lehrerinnen das Klassenzimmer. Voran ging ein alter, weißhaariger Herr in einem dunklen Anzug, den ich vorher während der Prüfung nicht gesehen hatte. Er hatte ein Blatt Papier in der Hand, stellte sich vor die Bankreihen und hielt eine Rede.

Er sprach wie unser Pope, langsam und würdevoll. Die Worte zogen an mir vorbei wie flüchtige Wolken am Sommerhimmel. Jetzt muss er doch bald die Namen derer vorlesen, die die Prüfung bestanden haben!

Da hörte ich ihn auch schon sagen: »Und jetzt verlese ich die Namen.«

War es mir nicht gleichgültig gewesen, ob ich bestanden hatte oder nicht? Nein, nein, es war mir nicht egal. Ich presste meine Hände ineinander.

Die Stimme des alten Herrn kam wie aus weiter Ferne. »Alasch – Avardescu – Balan – Bedeanu – Bilu ...«

Und jetzt? Was kam jetzt?

»Burda«, sagte er, als wäre es selbstverständlich.

Ich spürte, dass alles Blut aus meinen Wangen wich. Wie die anderen aufgerufenen Mädchen stand auch ich auf und setzte mich schnell wieder. Das Stehen fiel mir schwer. Meine Knie zitterten.

Ich hatte bestanden! Bestanden!

So war es gewesen. Nun saß ich wieder neben Mutter auf dem Wagen. Ihr Gesicht schien ohne Bewegung. Und doch glaube ich, dass sie sich freute. Denn sie sagte mehrmals: »Neben dir liegen die Speckbrote. Iss, Annuzza, du wirst hungrig sein.« Und das hatte sie noch nie während einer Heimfahrt zu mir gesagt.
In dem Leinenbeutel, den ich auf den Knien hielt, lag der Bogen mit den genauen Anweisungen für den Schulbetrieb, den Unterrichtsbeginn und den Aufenthalt im Schülerheim. Ich strich immer wieder darüber. Das Papier knisterte. Es stimmte. Ich hatte die Prüfung bestanden.
Was würde Vater sagen? Und Kuza, Bunika, der Lehrer, die anderen Kinder?
Es war keine echte Heimfahrt. Denn in einer Woche würde ich das Dorf verlassen. Für immer, wie ich an diesem Tag dachte.

Abschied von zu Hause

Ein paar Stunden später waren wir zu Hause. Als Mutter und ich die Küche betraten, saßen sie alle um den Tisch herum: Bunika, Vater, Kuza und Puiu. Mir schien es, als läge wieder einmal ein Unwetter im Raum, das sich entladen würde, sobald das erste Wort gefallen war.
Doch Mutter tat, als wäre nichts Außergewöhnliches geschehen. Sie ging zum Herd und sah nach dem Feuer. Dabei sagte sie wie beiläufig: »Sie geht in die Stadt, die Annuzza.«
Kuza sprang auf und stellte sich neben mich, als wolle sie mich vor irgendetwas beschützen. Ich blickte auf Vater und zitterte. Ich sah ihm an, dass er getrunken hatte, und dann war er oft unberechenbar in seinem Zorn.
Aber er stand wortlos auf. Es schien ihm Mühe zu bereiten, denn er stützte sich schwerfällig auf den Tisch. Dann sah er mich an. Sein Blick war der eines Fremden. Er sagte nur

»Ahi!«[34] und spuckte auf den Boden, knapp vor meine Füße. Seine Hand ergriff den Knüppelstock, der an der Wand lehnte. Ich duckte mich ein wenig. Wollte er mich schlagen? Aber Vater wendete sich ab und verließ mit seinen stapfenden Schritten die Küche. Im Hof hörte ich ihn nach den Knechten brüllen. Dann war es still.
Bunikas Finger zitterten.
Puiu grinste und sagte: »Jetzt darf ich den Hühnerstall machen. Da wird der Bussard traurig sein.«
»Sei still!«, rief Kuza und legte den Arm um mich.
»Saraka, Saraka!«[35], murmelte Bunika.
Ich legte mein Gesicht auf Kuzas Schulter und spürte, dass meine Augen nass wurden. Ich sehnte mich danach, dass jemand zu mir sagte: »Fein, dass du die Prüfung bestanden hast, Annuzza«, oder: »Es war sicher nicht einfach.« Mag sein, dass Mutter und Kuza sich freuten. Aber sie sprachen es nicht aus. Bunika hingegen bedauerte mich. Puiu war froh, dass ihm nun meine bisherige Arbeit zufallen würde, und Vater war böse. Das spürte ich. Bin ich wirklich eine Saraka?
Wie hatte sich Drago damals auf der Poiana ausgedrückt: »Plötzlich gehört man weder ins Dorf noch in die Stadt.« Hatte er Recht gehabt?
Als die Küchentür geöffnet wurde, hob ich den Kopf. Doch es war nicht, wie ich vermutet hatte, Vater, der zurückkehrte. Es war Puiu, der hinauslief.
»Leg die Teller auf, Annuzza! Es ist Zeit fürs Abendbrot«, sagte Mutter. »Dann schau noch mal nach den Hühnern.«
Es tat gut, in den Abend hinauszutreten. Wie ein reifer, gelber Kürbis stand der Mond am Himmel. Wenn die Poiana nicht so weit wäre, würde ich zu Drago laufen. Drago könnte mich verstehen …
Plötzlich hörte ich das Holpern des Wagens auf dem Weg vom Dorf.
Ich lief um das Haus herum zum Cerdak. In der Dunkelheit konnte ich nicht viel sehen. Dann bog der Wagen um unser

[34] *Ahi = rumänisches Schimpfwort.*
[35] *Saraka = die Arme, die Ärmste.*

Hoftor. Zwei Gestalten hockten auf dem Kutschbrett. Als er anhielt, erkannte ich den Lehrer, Herrn Morianu, und den Moische.

»Hier ist sie!«, hörte ich Puius Stimme. Jetzt erblickte ich auch ihn. Er saß hinten im Wagen.

Herr Morianu kam auf mich zu. »Meinen Glückwunsch, Annuzza!«, sagte er und reichte mir die Hand. »Ich freue mich für dich und ein wenig auch für mich.«

Der Lehrer hatte mir noch nie seine Hand gegeben. Vor lauter Verwirrung brachte ich kein Wort hervor. Aber das war auch nicht nötig. Der kleine Moische rief überschwänglich: »So eine Mäzzije[36]! So eine Mäzzije! Das Fräulein geht in die Stadt? Das Fräulein wird brauchen eine Schuluniform. Ich habe mitgebracht einen Stoff. Ich sage dem Fräulein auf Emmes[37], so was Gutes habe ich nicht gehabt seit zwanzig Jahren in Händen ...« Der Moische redete und redete.

Mutter hatte inzwischen die Tür geöffnet und forderte die beiden Männer auf einzutreten.

Ich blieb auf dem Hof und hockte mich in das herbstliche Gras. Aus der Küche hörte ich die Stimme des Moische. Aber ich wollte sie nicht hören. So stand ich auf und ging langsam vom Hof. Es zog mich hinaus ins Maisfeld, als könnten mir die heimatlichen Stöcke Antwort geben auf alle Fragen, die mich bewegten.

»Annuzza!«

Das war doch Marcels Stimme? Ich wandte mich um und sah ihn wie ein Wiesel schnell und leicht auf mich zukommen.

»Marcel«, sagte ich leise, als er vor mir stehen blieb.

»Puiu hat es mir erzählt. Ich hab ihn im Dorf getroffen.«

»Ja?«

»Kommst du auch wieder zurück?«, fragte er.

Ich zuckte mit den Schultern.

»Du kommst«, sagte er.

Mit einer verlegenen Handbewegung zog er einen Stab aus seinem Gürtel und reichte ihn mir.

[36]Mäzzije = Gelegenheit.

[37]Emmes = auf Ehre und Gewissen, Tatsache.

»Hier«, sagte Marcel. »Damit du in der Stadt mal eine Doina spielen kannst.«
Ehe ich etwas erwidern konnte, hatte er sich umgedreht und lief davon.
Ich hielt den Stab in den Händen. Es war Marcels Fluer[38].
Dieser Tag war so voll, dachte ich. So voll wie Kuzas Truhe.
Es ging nichts mehr hinein in diesen Tag ...
Wenig später saß ich im Maisfeld, die Fluer lag neu und kühl an meinen Lippen. Wie alle bei uns auf dem Dorf konnte auch ich ein wenig Flöte spielen. Ich versuchte eine Doina.
Die Melodie klang traurig, wie ein Abschied von allem, was bisher war.

Zu Hause war alles verändert

Vater hielt mich nicht mehr zur Arbeit an. Seit dem Prüfungstag hatte Puiu die Hühner übernommen. Mutter kaufte dem Moische schwarzen Stoff ab und nähte an einem Schulkleid. Kuza stickte die weißen Kragen dazu. Sobald ich mir eine Arbeit im Haus, im Stall oder in der Scheune suchen wollte, sagte Mutter: »Lass das, Annuzza! Bring lieber deine Sachen in Ordnung.« Oder sie schickte mich zu den Nachbarn und zu den Bekannten, damit ich mich von ihnen verabschiede.
So führte ich eine Woche lang ein Leben, das weder ins Dorf gehörte noch in die Stadt. Ich kam mir dabei wie auf dem Wasser vor, wie mitten auf einem Fluss. Die Wellen trugen mich und ich konnte keines der beiden Ufer erreichen.
Wo ich auch erschien, überall hörte ich ähnliche Worte. Man wünschte mir Glück. Der Pope sagte zu mir: »Dein Weg sei gesegnet, Kind!«
Von überall brachte ich Geschenke mit, die mich in die Stadt begleiten sollten. Es waren Kleinigkeiten, aber sie füllten meine Truhe am letzten Tag bis zum Rand. Unsere Nachbarn zur Rechten schenkten mir einen Colak[39], damit ich in der

[38]*Fluer = einfache Rohrflöte ohne Klappen.*
[39]*Colak = geflochtenes, süßes Weißbrot.*

Stadt nicht verhungere, wie sie meinten. Von der Popadia bekam ich einen kleinen Klappaltar. Herr Morianu gab mir mit vielen Ermahnungen einen Füllfederhalter. Ich hatte bisher noch nie einen besessen und war stolz darauf.
An einem der letzten Tage machte ich mich auf den Weg zur Poiana, um auch von Drago Abschied zu nehmen. Ich hatte nur wenige Stunden Zeit, um mit Drago auf der Bank vor der Koliba zu sitzen. Am Abend musste ich wieder im Dorf sein. Als ich Drago die Neuigkeit berichtete, schien er gar nicht sehr erstaunt. Er nickte nur und sagte: »Das hab ich gewusst, das hab ich gewusst, Annuzza.«
Ich erzählte ihm genau, wie es bei der Prüfung gewesen war. Zwar sagte er nichts darauf, trotzdem wusste ich, dass er mir aufmerksam zuhörte. Und das war schon viel. Es war beinahe so, als vertraute ich meine Gedanken einem Blatt Papier an. In diesen Stunden auf der Poiana legte ich manches von dem, was mich bedrückte, in Dragos raue Hände.
Ehe ich mich von Drago verabschiedete und den Weg ins Tal zurückging, zog er eine silberne Münze aus seiner Gürteltasche. »Das ist ein Taler, Annuzza. Man kann heute nichts mehr dafür kaufen. Vielleicht wird er dir Glück bringen. Denn in der Stadt ist es gut, einen Taler zu besitzen. Denk daran: Der Bussard hat Mikuza gerissen. Pass auf, dass dich die Stadt nicht reißt. Und achte auf den Weg, den du gehst, damit du auch wieder zurückkehren kannst.«
Wie meine Truhe, so füllte sich auch mein Herz mit all den Worten, die ich mitbekam.
Als ich mich von der Koliba entfernte, blieb Drago vor der Hütte stehen. Er hatte seine Flöte hervorgeholt und meine Schritte wurden begleitet von einer Doina Ciobaneasca[40], die er mir zum Abschied spielte. Sie klang hinter mir her und über die hohen Buchen wie das Lied eines Vogels. Immer leiser, immer ferner, bis ich die Flöte nicht mehr hören konnte.
Erst am Tag der Abfahrt verwandelte ich mich in ein Stadtmädchen. Ich legte meine Bauernkleider ab und schlüpfte in

[40]Doina Ciobaneasca = Hirtenlied.

das Schulkleid. Der weiße Kragen schlang sich um meinen Hals wie eine Perlenkette. Von nun an werde ich Tag für Tag schwarz und weiß sein wie die anderen Mädchen in der Schule. In der Schulordnung, die ich so oft gelesen hatte, dass ich sie auswendig kannte, hieß es: »Während der Schulmonate haben die Schülerinnen des ehrwürdigen ›Liceul[41] Orthodox‹ keine Privatkleidung zu tragen. Während des Unterrichts, zu Hause und auf der Straße ist nur die Uniform erlaubt. Sie besteht aus einem schwarzen, schlicht geschnittenen Kleid, einem weißen Leinenkragen (Anweisung für das Lochstickereimuster dieser Schule am Schluss der Verordnung), einer blauen Baskenmütze, grauen Florstrümpfen und schwarzen Schuhen. Am Ärmel hat jede Schülerin gut sichtbar in einem blauen Dreieck die ihr zugeteilte Schulnummer zu tragen. Sie ist mit Goldfaden auf das Filzdreieck einzusticken, darüber stehen die beiden Buchstaben L. O. als Kennzeichnung für die Schule, die die Schülerin besucht. Auf der Mütze ist ebenfalls ein blaues Filzdreieck zu befestigen, das die Schulinitialen trägt. Als Mantel ist nur ein blauer Stoffmantel zugelassen, der im Winter mit einem grauen Pelzkragen versehen werden darf. Auf dem rechten Mantelärmel ist ein Nummerndreieck anzunähen.
Von den Schülerinnen des Liceul Orthodox wird, wo immer sie sich befinden, ein tadelloses Benehmen gefordert. Andernfalls kann die zuwiderhandelnde Schülerin durch ihre Nummer jederzeit der Schulleitung gemeldet werden.«
Wie am Tage der Prüfung, so stand auch jetzt der angespannte Wagen vor dem Cerdak. Vater hatte mit Puiu meine Truhe hinten verstaut. Mutter sollte mich ins Internat bringen. An den Füßen trug ich Kuzas schwarze Halbschuhe, die sie mir, zusammen mit einer roten Perlenkette, zum Abschied geschenkt hatte. Dann ging ich zum letzten Mal vor den nächsten Ferien durch die Küche.
Bunika saß auf ihrem Platz. Sie räusperte sich, als läge ein stechender Rauch in der Luft, und murmelte leise wie immer:

[41] *Liceul = Mädchengymnasium.*

»Hier ist eine Tüte mit Bonbons für dich. Sieh zu, dass du dir die Zähne nicht ausbrichst! Saraka, Saraka!«
»A Revedere, Bunika!«, sagte ich.
Puiu stand auf dem Cerdak und gab mir einen getrockneten Kukuruzkolben. »Die Hühner werden es schon gut haben«, versicherte er grinsend.
Vater streichelte Huzu mit seinen rauen Fingern. Alles, was er dabei sprach, war: »No ja.«
Kuza aber kletterte neben mich auf den Kutschbock und fuhr bis zum Dorfende mit.
»In den Schulferien und zu meiner Hochzeit kommst du aber wieder, Annuzza!«, rief sie und versuchte zu lachen. Dann sprang sie ab und verschwand in der Staubwolke des Wagens. Sie tauchte unter wie die Häuser des Dorfes, die Felder und meine bisherige Welt.
Während der ganzen Fahrt hielt ich den glänzenden Kukuruzkolben in der Hand. Plötzlich legte Mutter mir einen kleinen Lederbeutel auf die Knie und sagte: »Wenn du Heimweh hast, kannst du dir davon eine Fahrkarte kaufen, Annuzza. Es ist der Rest von dem Erlös der Tischdecken.«
Ich zog die Schnur auf. Meine Finger zitterten. Im Beutelchen lagen Münzen. Sie klimperten und klirrten und glänzten. Meine Mamika!
Nur Huzu konnte nicht sprechen. Aber er war klug wie alle Huzulenpferde. Er spitzte die Ohren und wendete immer wieder seinen Kopf nach mir, so als wollte er mir zu verstehen geben, dass er an mich denken werde.
Wird man mich auf dem Dorf vergessen wie seinerzeit Drago? Werde ich in der Stadt ein neues Zuhause finden?
Dann tauchte sie vor mir auf, die Stadt am Pruth. Wenn ich Sehnsucht haben sollte, wird der Pruth mich trösten. Seine Wasser fließen nach Osten, zum Schwarzen Meer, wie das Wasser des Sereth, an dem unser Dorf liegt.
Unser Dorf, das Maisfeld, der Hof – alles blieb, auch wenn ich nun nicht mehr dort sein würde.

Dieser Gedanke beruhigte mich. Er war wie ein Baum, an den ich mich lehnen konnte.
Ich war froh und traurig zugleich.

Schülerin im Liceul Orthodox

Seit einigen Wochen war ich eine Nummer, nicht mehr als die Zahl 669 unter siebenhundertfünfzig anderen. Ich trug diese Nummer auf dem blauen Filzdreieck am Ärmel meines schwarzen Schulkleides. Überall wurde ich nur »Burda« gerufen. Dass ich einen Vornamen hatte, vergaß ich fast.
In der Klasse saß ich neben einem Mädchen, das kaum mit mir sprach. Bloß wenn sie etwas nicht wusste, fragte sie mich flüsternd. Sie hieß Mafalda Anelimonte. Ihr Vater war italienischer Konsul. Ich war sicher, dass sie sich für etwas viel Besseres hielt, als ich es bin.
In den Pausen hatte sie den Kopf stets voller Streiche. Sie sagte dann zum Beispiel: »Wir stecken kleine Nadeln in das Kissen auf dem Lehrerstuhl.« Oder: »Wir legen einen nassen Lappen auf den Sitz.«
Die anderen fanden Mafalda wunderbar. Ich konnte mich mit ihr nicht anfreunden. Für mich war alles fremd und neu. Die Schularbeiten bereiteten mir keine Mühe. Ich machte sie meist in Gedanken bereits auf dem Heimweg von der Schule ins Schülerheim. Anfangs verzog ich mich mit meinen Büchern und Heften immer in eine versteckte Ecke des großen Lernsaales. Nur langsam begriff ich, dass mir hier niemand das Lernen verbot. Das kam mir zuerst seltsam vor. Allmählich gewöhnte ich mich daran.
Ich schlief mit fünf anderen Mädchen in einem Zimmer. Mein Bett war weich und warm. Trotzdem fror ich oft, weil ich einsam war.
Auf dem Schulweg rief niemand mir ein vertrautes »Buna ziua, Annuzza!« zu. Nirgends entdeckte ich ein Gesicht, das

ich kannte. Die Menschen blickten über mich hinweg oder durch mich hindurch, als wäre ich aus Glas. Ihre Schritte waren hastig, als hätten sie es immer eilig. Weder in der Schule noch im Schülerheim war es so still wie in unserer Küche oder auf unseren Feldern. Immer waren laute, unbekümmerte Stimmen um mich. Selbst wenn ich abends in meinem Bett lag und das Licht ausgeknipst war, redeten die anderen Mädchen miteinander. Sie sprachen über die Lehrer, sie erzählten von ihrem Zuhause, sie redeten über Filme. Ich war noch nie in einem Kino gewesen. Alles, was ich von unserem Dorf berichten könnte, würden die anderen langweilig finden. Und deshalb schwieg ich lieber. Manchmal, wenn ich allein im Zimmer war, holte ich Marcels Flöte hervor, um eine Doina zu spielen.

Die fünf Mädchen waren Gutsbesitzertöchter aus der weiteren Umgebung der Stadt. Samstagmittags fuhren sie heim, um erst am Montag früh zum Unterricht zurückzukommen. In dieser Zeit gehörte mir das große Zimmer.

Dann spielte ich ein Spiel mit mir selbst. Ich tat, als wäre ich eine von ihnen, unterhielt mich mit den Mädchen, ließ mich »Annuzza« nennen und erzählten ihnen, dass auch mein Vater ein Gut besitze.

So konnte ich stundenlang erzählen. Es waren erdachte Geschichten. Ich vergaß dabei manchmal selbst, dass ich ein Bauernmädchen war.

An einem Sonntag bat ich die Lehrerin des Schülerheims, einen Spaziergang machen zu dürfen. Sie erlaubte es mir.

Ich zog den neuen Stoffmantel an, den Mutter mir vor kurzem geschickt hatte, und setzte vor dem kleinen Spiegel die blaue Baskenmütze auf.

Ich sehe so aus, als wäre ich immer schon ein Stadtkind gewesen, stellte ich zufrieden fest.

Als ich auf die Straße trat, begann es zu schneien. Die Flocken setzten sich auf meinen Schultern fest, sie klebten an meinem Haar. Immer dichter glitten sie lautlos vom Himmel

auf die Dächer und Straßen der Stadt. Ich ging und ging. Allmählich verwandelte sich das Bild, ich glaubte zu träumen, glaubte Vaters Glaskugel zu schütteln. Winter in der Stadt. Nun erlebte ich ihn. Und noch viel mehr dazu. Denn als es dunkelte, wurden in den Straßen und in den Häusern die elektrischen Lampen angezündet. Die Menschen hier machten die Nacht zum Tage. Nur der Himmel blieb dunkel, wie auch bei uns auf dem Dorf. Den Himmel können auch die Menschen in der Stadt nicht verändern, dachte ich.
Beinahe täglich sah ich etwas Neues, Unbekanntes. Die Schule aber wurde immer vertrauter. Ich kannte die Korridore, ich wusste, wohin sie führten. Der Schuldiener nickte mir jeden Morgen freundlich zu wie Babull. Im Schülerheim vertauschten die Mädchen nachmittags meist ihre Schuluniformen mit anderen Kleidern. So beschloss ich mir von dem Geld in dem Lederbeutel einen blauen Rock und eine weiße Bluse zu kaufen.
Die Katrinza und das Leinenhemd hatte ich noch nie aus meiner Truhe hervorgeholt. Ich war jetzt die Burda, Schülerin der ersten Klasse im ehrwürdigen Liceul Orthodox. So vergingen die Tage, die Wochen.
Da geschah etwas, was meinem Leben in der Stadt und als Schülerin jäh eine andere Richtung gab.

Nadine

Es war an einem Montag nach der zweiten Stunde. Die Lehrerin hatte die Klasse verlassen und ich saß wie immer allein auf meinem Platz. Die anderen hatten sich zu kleinen Gruppen zusammengefunden und redeten miteinander. Da trat die Jeschan auf mich zu, ein Mädchen, das erst vor einer Woche in unsere Klasse gekommen war. Sie saß drei Bänke hinter mir, obgleich sie kleiner war als ich. Ich fand sie sehr hübsch, denn sie war zart und zierlich wie eine große Puppe.

»Wie heißt du mit dem Vornamen, Burda?«, fragte sie mich.
»Annuzza«, erwiderte ich und spürte, wie froh es mich machte, meinen Namen auszusprechen.
»Ich heiße Nadine«, erklärte sie und lächelte mich an.
»Diesen Namen habe ich noch nie gehört«, sagte ich.
»Meine Großmutter hieß auch so. Sie war Polin und ist vor vielen Jahren aus Warschau hierher gekommen, weißt du?«
Ich nickte.
Nadine erzählte gleich weiter: »Meine Großmutter war eine berühmte Tänzerin, die Primaballerina an der Warschauer Oper. Bei einem Gastspiel hat sie meinen Großvater hier kennen gelernt und so kam sie in unsere Stadt. Seit einem Jahr lerne auch ich tanzen. Kannst du tanzen, Annuzza?«
»Ja«, sagte ich. »Ich kann Hora, Moldoveneasca, Sarba und Caluscherul[42] tanzen.«
»Und Ballett?«, fragte Nadine.
Ich schüttelte den Kopf, denn ich wusste gar nicht, was das ist. Gerade als ich sie danach fragen wollte, läutete es.
Nadine sprang auf und lief zu ihrer Bank.
Ich dachte die ganze Stunde über an dieses sonderbare Gespräch. Ob Nadine noch einmal zu mir kommen würde, um mit mir zu sprechen? Oder konnte ich nachher einfach zu ihrer Bank gehen?
Als die Stunde zu Ende war, hatten wir große Pause. Wir mussten die Klasse verlassen. Bisher hatte ich die großen Pausen stets allein in einer Fensterecke verbracht. Niemand hatte sich um mich gekümmert.
Wie froh war ich, als Nadine kam und mit mir auf den Gang trat! Sie hakte sich sogar bei mir unter. Aus lauter Dankbarkeit hätte ich am liebsten ihren Arm fest an mich gedrückt. Aber ich traute mich nicht.
»Weißt du, Annuzza, meine Mutter redet seit Wochen davon, dass ich zu viel ans Tanzen denke. Sie meint, ich müsste mal ein anderes Mädchen einladen, mit dem ich spielen und reden kann. In meinem Alter soll man eine Freundin haben,

[42] *Hora, Moldoveneasca, Sarba, Caluscherul = rumänische Tänze.*

sagt Mami. In der Klasse haben aber schon alle Mädchen Freundinnen. Nur du bist immer allein. Und da hab ich mir gedacht, dass du vielleicht Lust hast, mich zu besuchen und meine Freundin zu werden.«
Mein Herz klopfte aufgeregt. Nadine wollte, dass wir Freundinnen werden! Ich hatte noch nie eine Freundin gehabt.
Am liebsten hätte ich ganz laut »Ja« gerufen. Stattdessen nickte ich nur heftig.
»Fein«, sagte Nadine. »Komm heute Nachmittag zu mir. Wo wohnst du eigentlich?«
»Im Schülerheim«, sagte ich.
»Um vier hol ich dich ab, das ist am besten«, meinte Nadine.
Ich konnte den Nachmittag kaum erwarten und war fast so aufgeregt wie vor dem Perlenkauf und vor der Kukuruzklaka. Ich sah mich mit dem neuen blauen Rock und der weißen Bluse unter dem Schulmantel zu ihr gehen. Vielleicht sollte ich meine Flöte mitnehmen, damit Nadine sah, dass ich auch etwas Besonderes konnte? Zwar nicht Ballett tanzen, aber eine Doina spielen.
Um drei Uhr war ich mit meinen Schulaufgaben fertig. Ich zog mich um, bürstete mein Haar und steckte meinen Zopf ordentlich auf. Dann stellte ich mich ans Fenster und wartete auf Nadine. Immer wieder blickte ich auf die Wanduhr. Als der große Zeiger über vier Uhr hinausrückte, wurde alles in mir ganz leer vor Angst. Ich fürchtete, Nadine hätte es sich anders überlegt und würde nicht kommen.
Als ich sie kurz nach vier vom Fenster aus um die nächste Ecke biegen sah, riss ich den Flügel auf und rief: »Warte unten, Nadine, ich komm sofort!«
In fliegender Hast ergriff ich meinen Mantel und die Schulmütze. Jeder Gedanke flog dem Nachmittag bei Nadine entgegen. Am Treppenabsatz standen Florica Balan und Silvia Ikanu, zwei Mädchen aus meinem Zimmer.
»Ich gehe zu meiner Freundin!«, rief ich ihnen zu, obgleich sie mich gar nicht danach gefragt hatten. Aber sie sollten wis-

sen, dass ich eine Freundin hatte. Gleich darauf war ich auf der Straße. Nadine lachte mir zu. Jetzt erst bemerkte ich, dass ihre Haare unter der blauen Schulmütze rötlich schimmerten. Ihre Augen waren blau und strahlend. »Buna ziua, Annuzza!« Wieder griff sie nach meinem Arm. Es erschien mir wie ein Traum. »Buna ziua, Annuzza!«, hatte sie gesagt. Wie zu Hause auf dem Dorf. Und doch noch viel schöner.

Den ganzen Weg über sagte ich kaum ein Wort. Nadine erzählte schnell und sprudelnd, wie das Wasser aus einer Quelle plätschert. Sie berichtete von ihren Eltern, von den Ballettstunden und von den letzten Sommerferien, die sie in Dorna Vatra verbracht hatte.

»Weißt du, Annuzza«, sagte sie, »im Kurhaussaal war ein Kinderfest. Ich habe eine Solonummer getanzt in einem rosa Kleid und rosa Ballettschuhen. Alle Zuschauer haben nachher wie toll geklatscht. Ich will später mal eine Primaballerina sein wie Großmutter. Ich werde dann an der Bukarester Oper tanzen und vielleicht auch in Wien.«

Als wir vor einem verschnörkelten Eisentor anhielten und Nadine verstummte, war es mir, als würde ich das Mädchen an meiner Seite schon länger kennen. Und zugleich war ihre Welt für mich neu, wie alles, seitdem ich in der Stadt lebte.

»Hier wohnen wir«, sagte Nadine und drückte auf einen Klingelknopf. Irgendwoher erscholl ein Surren, und das Tor sprang auf. Über einen Kiesweg, der so breit war wie unsere Dorfstraße, schritten wir auf ein gelbes Haus zu. Das ist ja beinahe ein Schloss, dachte ich. Erst viel später wusste ich, dass es eine Villa war, wie es viele gab in dieser Stadt. Der erste Eindruck, den das Haus auf mich machte, war so überwältigend, dass ich ihn nie vergessen sollte.

Mehrmals blieb ich stehen, um mich umzuschauen. Dann ergriff Nadine meine Hand und zog mich weiter. »So komm schon, Annuzza!«, sagte sie ungeduldig.

Als wir die Stufen zur Haustür hinaufgingen, trat uns ein junges Mädchen in einem schwarzen Kleid entgegen. Sie erin-

nerte mich ein wenig an Kuza. Gerade als ich überlegte, ob ich auf sie zugehen und einen Knicks machen sollte, wie ich es täglich bei den Mädchen im Schülerheim beobachtet hatte, flüsterte Nadine: »Das ist Leia, unser Dienstmädchen.«
Durch die Eingangstür kamen wir in eine Halle. Nadine warf ihren Mantel achtlos auf einen Stuhl. Ich konnte meine Blicke von dem Raum nicht lösen. An den Wänden hingen Bilder in goldenen Rahmen, und vor lauter dicken Teppichen sah man den Fußboden kaum.
»Das ist mein Vater«, sagte Nadine.
Ich wendete mich um. Aber es war niemand da.
»Er hängt an der Wand.« Nadine lachte und zeigte auf eines der Bilder.
Ob es im Kino, von dem die anderen Mädchen so viel redeten, ähnlich ist? Alles war so unwirklich. Das Haus, der Raum mit den dunklen Möbeln voller Schnörkel und Verzierungen, die Teppiche, Nadine.
»Ist eure Halle nicht so groß?«, fragte Nadine, die mein Staunen bemerkt haben musste.
Ich schüttelte den Kopf.
»Kleinere Hallen sind auch viel gemütlicher«, erklärte Nadine, als wolle sie mich trösten.
Jetzt müsste ich ihr sagen, dass wir überhaupt keine Halle haben. Nur eine schmale Tinda. Dass ich ein Bauernkind bin und noch niemals solch ein Haus betreten habe. Aber meine Lippen pressten sich aufeinander, als wollten sie kein einziges Wort entschlüpfen lassen. Vielleicht würde Nadine sich von mir abwenden, wenn ich ihr die Wahrheit sagte. Ohnehin wunderte ich mich, dass sie gerade mich eingeladen hatte. Nadine konnte doch jedes Mädchen zur Freundin haben.
Mitten hinein in meine Gedanken sagte Nadine: »Mein Vater sammelt nämlich Gemälde. Und deiner?«
Ich zuckte mit den Schultern. Wie sollte ich Nadine erklären, dass Vater gar nichts sammelt? Außer leeren Schnapsflaschen vielleicht.

Meine Schweigsamkeit schien Nadine nicht zu stören. Leicht wie eine Feder flog sie vor mir durch das Haus. Sie zeigte mir die Zimmer. Dabei erzählte sie, dass ihr Vater Arzt sei. Und dass ihre Mutter viel reise.
»Meist ist Mami in irgendeinem Bad. Oder in Wien. Ich bin viel allein. Wenn sie da ist, haben wir oft Gäste. Bis zu diesem Schuljahr hab ich daheim mit einem Hauslehrer gelernt. Niemals habe ich Freundinnen gehabt wie die anderen Kinder. Hast du schon eine richtige Freundin gehabt?«
Ich schüttelte den Kopf.
»Das ist fein«, sagte Nadine.
»Seit einiger Zeit ist Mami meist zu Hause. Sie will unbedingt, dass ich nicht so allein bin. Und jetzt bist du meine Freundin, nicht wahr, Annuzza?«
Ich nickte. Konnte man denn einfach so sagen: Jetzt bist du meine Freundin? Ich wusste es nicht. Aber Nadine hatte wohl Recht.
»Warum gehst du auf Fußspitzen über den Teppich?« Nadines Frage kam unvermutet auf mich zu. Sie konnte ja nicht ahnen, dass ich es von unserer Feiertagsstube her gewohnt war, die Teppiche zu schonen. »Ach, nur so«, antwortete ich und stapfte nun auf die dicke Wolle.
Dann führte mich Nadine über eine geschwungene Treppe in ihr Zimmer. Aber es war gar kein Zimmer. Eher ein künstlicher Blumengarten. Oder eine blühende Wiese. Ich stand an der Tür und wagte nicht einzutreten. Auf dem Boden lag ein hellgrüner Teppich. Die Stühle waren rund wie Schalen und mit einem Stoff bezogen, auf dem sich alle Frühlingsblumen niedergelassen hatten, die ich kenne. Auch das Sofa war so bespannt. Die Vorhänge ließen das Licht der Nachmittagssonne in den bunten Blumenfarben herein. Über die Länge einer Wand lief ein Glasbord und darauf saßen in friedlichem Nebeneinander kleine Stofftiere.
»Mein Zoo«, sagte Nadine und versetzte einem Äffchen einen Nasenstüber, dass es kopfüber zu Boden fiel.

»Setz dich, Annuzza! Soll ich dir etwas vortanzen?«
Nadine ging an eine helle Kommode und öffnete den Deckel. Gleich darauf erklang Musik. Sie stellte sich auf die Zehenspitzen und begann zu tanzen. Wie eine Schneeflocke schwebte sie durchs Zimmer.
Sie tanzt wunderschön, dachte ich. Das war doch etwas ganz anderes als unsere Volkstänze.
Plötzlich ging die Tür auf und eine junge Frau trat ein. Nadine lief ihr entgegen, legte die Arme um ihren Hals und gab ihr einen Kuss. Dann zog sie sie zu dem Stuhl, auf dem ich saß.
»Mami, das ist meine Freundin Annuzza.«
Das war Nadines Mutter? Wie konnte man seiner Mutter einfach um den Hals fallen und sie küssen? Nadine sprach mit ihr, als wäre sie eine Freundin, ein Mädchen wie ich.
Frau Jeschan sagte: »Guten Tag, Annuzza!«, und reichte mir ihre Hand.
Ich ergriff sie zaghaft. Sie war so schmal und weich wie eine Kinderhand. Ich hatte beinahe Angst, ihr wehzutun. Auch einen Knicks brachte ich zustande.
»Du kommst vom Land, nicht wahr?«, fragte Frau Jeschan.
»Ja«, sagte ich schüchtern.
»Deine Eltern haben wohl ein Gut?«
Ich nickte nur. Unser Hof war doch eigentlich groß. Vielleicht gibt es auch kleine Güter, beruhigte ich mein schlechtes Gewissen.
»Komm recht oft zu Nadine. Sie ist immer so allein«, sagte Frau Jeschan. »Und amüsiert euch gut.«
Dann verließ sie das Zimmer, nachdem sie mir noch einmal freundlich zugenickt hatte.
Von diesem Augenblick an führte ich ein zweites Leben in der Stadt.
Mit einem Mal war ich eine falsche Annuzza geworden. Ich hatte das Dorf, mein Elternhaus und auch das Maisfeld verleugnet. Meine Freundschaft mit Nadine war mit einer Unwahrheit erkauft.

Zunächst ging alles gut. Beinahe jeden zweiten Nachmittag verbrachte ich bei Nadine. Allmählich gewöhnte ich mich an die schöne Umgebung. Ich lernte es auch, unbefangen zu erzählen, und ersann immer wieder neue Geschichten von einem Gutshaus, dem Leben dort und den Festen, die man feierte. Ich vermied es, direkt von mir oder von meinen Eltern zu sprechen, und beruhigte mein Gewissen damit, dass ich mir einredete, Nadine nichts anderes als meine heimlichen Träume zu erzählen.

Die Mädchen im Schülerheim merkten, dass ich eine Freundin hatte. Ich weiß nicht, ob dies der Grund war, aber sie wurden freundlicher. Manchmal nannten sie mich sogar Annuzza, und wenn wir abends in unseren Betten lagen, sprachen sie nicht mehr über mich hinweg, sie bezogen mich in ihre Gespräche mit ein.

Nur in der Schule blieb ich nach wie vor die Burda. Zwar gehörte ich zu den besten Schülerinnen und wurde von den anderen auch oft um Rat oder Hilfe gebeten. Aber außer Nadine sagte kein Mädchen Annuzza zu mir.

So vergingen die ersten Monate. In den Weihnachtsferien fuhr ich nach Hause.

Das Haus erschien mir mit einem Mal winzig klein. Alles hatte in meinen Augen ein anderes Aussehen erhalten, nur Kuza war schön wie immer. Zum ersten Mal bemerkte ich, wie rau und abgearbeitet Mutters Hände waren. Auch dass Vater nur am Morgen nüchtern war, fiel mir auf.

Als ich im Januar wieder in die Stadt zurückkehrte, ließ ich die Katrinza und das Leinenhemd daheim. Ich brauchte die Sachen doch nicht mehr. Immer weniger wusste ich, wohin ich wirklich gehörte. Auf dem Dorf gingen alle bisherigen Jahre meines Lebens neben mir her. In der Stadt aber hatte ich Nadine, meine erste Freundin.

Wirklichkeit und Unwahrheit

Seit einigen Wochen saß ich neben Nadine in einer Bank. Wir waren beide bei der Klassenlehrerin gewesen und hatten sie darum gebeten. In den Pausen gingen wir Arm in Arm über den Korridor oder den Schulhof. Auch während der Unterrichtsstunden flüsterten wir zuweilen miteinander. Wir hatten uns immer etwas zu erzählen. Ich kannte Nadines Leben, und sie glaubte meines zu kennen.

Anderen Kindern mochte es selbstverständlich erscheinen, eine Freundin zu haben. Ich aber freute mich täglich aufs Neue darüber. Nur abends, wenn ich in meinem Bett lag, kamen die Geschichten, die ich für Nadine erdacht hatte, drohend auf mich zu. Manchmal war es mir, als stünde ich während eines Unwetters allein im Wald. Der Blitz schlug die Bäume um und sie fielen auf mich zu, um mich, die Gutstochter Annuzza, unter sich zu begraben. Es war ein Angsttraum. Ich zitterte unter der dicken Decke, als läge ich irgendwo im Schnee. Morgen würde ich Nadine die Wahrheit sagen. Aber wenn es Tag wurde, sah alles anders aus, und die Furcht vor dem Ende der Freundschaft überwog die Angst vor meiner Lüge.

Im Winter fuhr Mutter nur selten auf den Markt. Wie in jedem Jahr bisher nahm auch diesmal unser Nachbar Munteanu die Waren, die wir verkaufen wollten, in seinem Schlitten mit zur Stadt. Solange ich mich erinnern konnte, wurde es so gehalten. Dafür brachte Mutter im Sommer die Eier, den Käse und die Butter der Munteanus zum Markt. Wir hatten nämlich den besseren Leiterwagen. Munteanu aber besaß einen guten Schlitten. Früher, als ich noch auf dem Dorf lebte, gefiel mir diese Vereinbarung nicht. Ich wäre so gerne durch die verschneite Landschaft mit Mutter zur Stadt gefahren. Jetzt war ich froh darüber, denn ich fürchtete Mutters Besuch in der Schule. Wenn Nadine Mutter in ihrer Bauernkleidung sehen würde, dann wäre ich gefangen im Netz der

erzählten Träume wie eine Fliege im Spinngewebe. Eines Tages aber geschah es doch. Die Lateinstunde ging ihrem Ende entgegen. Da klopfte es an der Tür und gleich darauf trat Muschu, der Schuldiener, ein.
»Bitte, die Schülerin Burda soll zum Herrn Direktor kommen«, sagte er.
»Weißt du, was los ist?«, fragte Nadine raunend.
Ich schüttelte den Kopf.
Hinter dem Schuldiener verließ ich die Klasse und stand gleich darauf vor der Tür der Direktion. Sollte der Direktor erfahren haben, dass ich log? Eine Schülerin des ehrwürdigen Liceul Orthodox durfte nicht lügen. Vielleicht wollte er mich aus der Schule verweisen, eliminieren, wie es in der Schulordnung stand.
Meine Hände rieb ich am Rock des Schulkleides sauber und klopfte an. »Herein!«, hörte ich den Direktor rufen.
Ich betrat die Direktion und machte an der Tür einen Knicks. Der Direktor saß hinter seinem Schreibtisch, der so groß war wie der Herd in unserer Küche. Ich glaubte, er müsse das angstvolle Pochen meines Herzens hören. Gab es eine Entschuldigung für meine Lügen?
Aber da sagte der Direktor freundlich: »Nebenan im Konferenzzimmer wartet deine Mutter, Burda. Sie möchte dich sehen, bevor sie zurückfährt ins Dorf.«
Mamika war da! Ich müsste mich freuen. Seit Weihnachten hatte ich sie nicht mehr gesehen. Aber die Freude blieb aus. Gleich darauf stand ich vor ihr. Warum konnte ich ihr nicht um den Hals fallen, wie Nadine es bei ihrer Mutter tat?
»Buna ziua, Mamika«, sagte ich steif.
»Annuzza – Kind!«, sagte Mutter. »Wie geht es dir? Du bist so bleich.«
Wenn Nadine bloß nicht vor der Tür wartete in der Pause! Sie kam sicher, um zu hören, was der Direktor von mir wollte.
Warum hatte Mutter keinen Stadtrock an, wenn sie auf den Markt fuhr? Aber sie besitzt ja keinen, überlegte ich. Sie trug

eine reich bestickte Katrinza und ein neues Kopftuch. Jeder konnte sehen, dass sie eine Bäuerin war.
Gab es noch einen zweiten Ausgang in diesem Zimmer? Ich blickte mich suchend um.
»Was hast du denn, Annuzza?«, fragte Mutter.
»Nichts, nichts. Mir geht es sehr gut, Mamika. Ich habe mehrere Zehner[43]. In Latein und Rechnen und Französisch. Ich werde eine der Besten sein, dieses Jahr. Meine Freundin Nadine sitzt jetzt neben mir in der Bank. Bald haben wir ein Sportfest und ich spiele in der Korbball-Gruppe unserer Schule. Es ist ...«
»Rede nicht so schnell, Annuzza«, sagte Mutter.
»Ich muss aber gleich zurück in die Klasse«, sagte ich.
Mutter zog ein Paket aus ihrem Leinenbeutel.
»Hier ist der Speck von der letzten Schlachtung, und das sind Eier, die die neue Mikuza gelegt hat.«
Wo sollte ich das Paket verstecken?
»Ich bin immer satt, Mamika.«
»Das Stadtessen ist dünn«, sagte Mutter und drückte mir die Sachen in den Arm.
Sie griff nach einem Korb, den sie auf den Boden gestellt hatte. »Draußen steht Huzu. Er wird sich freuen dich zu sehen.« Sie wandte sich zur Tür.
Ich hörte Stimmen und Schritte auf dem Korridor. Es war gerade Pause.
»Willst du nicht noch bleiben, Mamika?«, fragte ich hastig und griff nach ihrem Ärmel.
»Nein, Annuzza, die Fahrt ist lang.«
»Und grüß alle im Dorf!«, sagte ich, als ich einen Schritt hinter ihr aus dem Konferenzzimmer trat. Die Direktion war leer. Auf dem Gang aber gingen die Mädchen auf und ab, wie auf einer Promenade. Alle siebenhundertfünfzig Schülerinnen schienen sich in diesem Korridor versammelt zu haben. Warum schauten sie so sonderbar auf Mamika und mich? Ich schlug die Augen nieder. Ich schämte mich.

[43]*Zehner = beste Note. Notensystem im Liceul Orthodox von 1 bis 10.*

»Annuzza! Annuzza!«
Das war Nadine. Ich sah sie auf mich zukommen.
»Warte hier, Nadine! Ich bin gleich wieder zurück!«, rief ich ihr zu und schob Mutter ein wenig schneller zum Ausgang.
Stimmte es oder kam es mir nur so vor, dass Mutter traurige Augen hatte?
Vor dem Schultor stand unser Leiterwagen und Huzu wieherte, als ich auf ihn zulief und über sein Fell strich. Ich legte meinen Kopf an seinen Hals. »Grüß mir das Maisfeld, Huzu!«, flüsterte ich. Er spitzte die Ohren. Etwas Besseres war mir nicht eingefallen.
Mutter stieg auf und nahm die Zügel in die Hand.
»Denk daran, dass die Bäume in der Stadt gestutzt sind, Annuzza«, sagte Mutter. Sie saß auf dem Kutschbrett und war weit weg. Ich nickte.
Der Wagen fuhr an. Ich stand am Randstein und winkte. Doch Mutter blickte sich nicht mehr um.
»Grüß Kuza und alle!«, rief ich ihr nach.
Dann war ich allein auf der Straße. Hinter mir erhob sich die Schule. Vor mir war der leere Platz, auf dem unser Wagen gestanden hatte.
Langsam wendete ich mich um. Das nächste Mal, wenn Mutter kommt, werde ich ganz anders zu ihr sein. Bis dahin musste ich Nadine sagen, woher ich komme und was ich bin.
Nadine lief mir auf dem Korridor entgegen.
»Wer war das, Annuzza?«, fragte sie neugierig.
»Besuch aus dem Dorf«, sagte ich zögernd.
»Eine Magd von eurem Gut?«, fragte Nadine.
»Nein, eine richtige Bäuerin. Komm, ich muss noch schnell ein Stück durchlesen für die nächste Stunde.«
Ich ergriff Nadines Hand und lief mit ihr die Treppe zu unserer Klasse hinauf. Spätestens jetzt hätte ich ihr sagen müssen: Es war meine Mutter, Nadine. Sie ist eine tüchtige Bäuerin. Aber ich sagte es nicht. Und ich schämte mich vor Mutter, ich schämte mich vor Nadine und vor mir selbst.

Begegnung mit Nelo

Die Zeit lief dahin wie auf leisen Opanken. Wenn ich zurückblickte auf den Weg, den ich seit meinem Eintritt ins Liceul Orthodox gegangen war, erschien er mir kurz, obgleich ich nun schon drei Jahre in der Stadt war und vor zwei Monaten bei Nadine meinen fünfzehnten Geburtstag gefeiert hatte.
Immer noch träumte ich gerne vor mich hin. Wenn die Schularbeiten gemacht waren, schrieb ich manchmal Gedichte oder kleine Geschichten, die ich in einer Mappe aufbewahrte. Es war mein Geheimnis, nicht einmal Nadine kannte es, obgleich wir uns sehr oft sahen und Freundinnen waren.
Zuweilen fragte ich mich, was ich werden möchte. Aber ich fand keine Antwort. Ich kam mir vor wie in den Bergen in der Nähe unseres Dorfes. Dort weiß ich einen kleinen Pass, wo es ein Echo gibt. Auf meine Frage: »Was willst du werden, Annuzza?«, tönen dieselbe Worte zurück.
Seit einem Jahr gab ich zwei Schülerinnen der ersten Klasse unserer Schule Nachhilfeunterricht in Grammatik und Rechnen. Von dem Geld brachte ich in den Ferien kleine Geschenke mit nach Hause und kaufte mir ab und zu ein Stadtkleid. Zwei Kleider, ein rotes mit weißem Seidenkragen und ein grünes, hingen schon in meinem Schrank. Wenn ich nachmittags zu Nadine ging, nahm ich meistens den Schulmantel und zog darunter eines der neuen Kleider an.
Trotzdem war ich noch immer kein richtiges Stadtmädchen. Aber ein Dorfkind war ich auch nicht mehr.
Ich wusste nicht, wohin ich eigentlich gehörte. Ich dachte an Drago und seine klugen Worte. Zwar kannte ich den Weg genau, der ins Dorf zurückführt. Dennoch konnte ich ihn nicht gehen. Auf die Ferien freute ich mich immer sehr. Sobald ich auf unserem Hof war, merkte ich an vielen Kleinigkeiten, dass ich allmählich fremd wurde. Alles schien mir kleiner zu werden, von Mal zu Mal. Die Küche war eng, mein Bett war zu kurz. Wenn ich barfuß ging, schmerzten die Füße. Nur das

Maisfeld war unverändert. Dort war ich gern, dort konnte ich lesen, schreiben und nachdenken.
Oft wollte ich Nadine gestehen, dass ich die Tochter eines Bauern bin. Bis heute hatte ich es nicht getan. Ich wusste, dass ich feige war – aber vielleicht brachte ich gerade deshalb den Mut nicht auf: Ohne Nadine und ihre Freundschaft wäre die Stadt leer und kalt gewesen.
Mutter war noch oft in der Schule seit jenem ersten Mal vor drei Jahren, doch Nadine hatte nie mehr gefragt, wer sie eigentlich ist. Einmal wollte sie von mir wissen, warum meine Eltern mich niemals besuchen. Darauf antwortete ich nur, dass sie ab und zu ins Schülerheim kommen und dass ich ja die Ferien immer zu Hause verbringe. Ich war froh, dass Nadine so selten Fragen an mich richtete.
Neben unserer Freundschaft beschäftigte sie vor allem das Tanzen. Seit einem Jahr war sie Mitglied des Schülerballetts im städtischen Nationaltheater. Hin und wieder durfte ich mit zu den Proben. Dann saß ich wie verzaubert in der ersten Reihe und fühlte mich wie in einem Märchen. Rund um mich waren vergoldete Brüstungen, Samtportieren, das Gefunkel der Kristalllüster.
Hier schien es, als wären meine Träume beinahe Wirklichkeit. Hier wurde nur geträumt und gespielt. Das wirkliche Leben blieb draußen. Und hier musste ich mich nicht schämen. Auf der Bühne wurden alle Gestalten das, was sie sein wollten. Nadine war eine große Tänzerin, beinahe eine Primaballerina. Ich aber war die Gutstochter Annuzza. Die Freundschaft mit Nadine schien die Bühne zu sein, auf der ich spielte. Trotzdem blieb die Angst davor, dass eines Tages der Vorhang fallen könnte.
An meinen Kleidern merkte ich, dass ich gewachsen war. Vor einigen Monaten hatte ich meine Zöpfe abgeschnitten und das Haar trug ich jetzt kurz wie ein Page. Als mich Nadines Mutter zum ersten Mal so sah, sagte sie: »Es steht dir gut, Annuzza. Du siehst eigenwillig und apart aus.«

Ich konnte mit diesen Worten nicht viel anfangen. Wie sieht man aus, wenn man eigenwillig ist oder apart? Viel lieber möchte ich schön sein wie Kuza oder hübsch wie Nadine.
In den Ferien begegnete ich oftmals Marcel auf der Dorfstraße oder auf dem Feld. Er wurde immer rot und auch mein Herz klopfte schneller. Aber sicher nur deshalb, weil er stets die gleiche Frage an mich richtete: »Wann kehrst du wieder ins Dorf zurück, Annuzza?«
Ich antwortete dann meistens: »Nie.«
Manchmal zuckte ich auch nur mit den Schultern. Aber es freute mich, dass er es sich noch immer wünschte.
Wenn wir in der Schule Korbball spielten, dachte ich zuweilen: Ich bin wie ein Ball. In die Luft geworfen. Fliegend. Und ich weiß nie, wohin ich falle. Ob mich jemand auffängt oder ob ich den Korb erreiche.
Und dann kam der Tag, an dem ich Nelo zum ersten Mal begegnete. Es war wie ein großer Auftritt im Theater. Der Vorhang hob sich für mich vor einem neuen Spiel.
Wir auf dem Dorf sind sehr abergläubisch. Es mag daran liegen, dass jeder Bauer um seine Ernte bangt, um sein Vieh, um sein Haus. Das Leben des bevorstehenden Jahres hängt stets von dem Ertrag der letzten Ernte ab. Die Bauernhäuser, Ställe und Scheunen sind aus Holz und der kleinste Funke kann ihnen gefährlich werden.
Alle diese Dinge verleiten die Dorfbewohner dazu, ihr Schicksal aus vielen Kleinigkeiten abzulesen. Sie werten jedes gute oder böse Vorzeichen.
Den Aberglauben habe ich mitgebracht in die Stadt, wie den Klappaltar der Popadia, Dragos Taler und Mutters Lederbeutel. Zwar liegt er nicht wie all die anderen Dinge in meiner Truhe. Aber ich trage ihn in mir und werde ihn nicht los, obgleich Nadine mich manchmal auslacht. Etwa wenn ich nach einem Knopf greife, sobald ich irgendwo einen Schornsteinfeger erblicke. Oder wenn ich einen weiten Bogen um jede schwarze Katze mache, die mir über den Weg läuft.

Es war in der Postu mare[44], vier Wochen vor Ostern. Eines Sonntags stand ich am offenen Fenster und freute mich, dass der Schnee in den Straßen allmählich weniger wurde. Es schien wärmer zu werden. Vater und Mutter würden froh sein, dass das Wetter so war, wie es sein sollte.
Als ich mich ins Zimmer zurückwandte, fiel mein Blick auf die Wanduhr. In diesem Augenblick ruckten die Zeiger voran. Das bedeutet bei uns auf dem Dorf, dass man noch am selben Tag einem Menschen begegnen würde, der einem sehr lieb ist. Nadine, dachte ich. Ich war ja heute Nachmittag bei ihr eingeladen.
Gleich darauf musste ich über mich selbst lachen. Ich sah Nadine doch jeden Tag. Aber wem konnte ich sonst begegnen? Kuza war nicht in der Stadt. Die Eltern würden in der Küche mit dem Bemalen der Ostereier beginnen.
Sei nicht so abergläubisch!, befahl ich mir selbst.
Aber ich hörte nicht auf mich. Denn als ich auf dem Weg zum Haus der Jeschans war, musste ich mehrmals an den vorrückenden Uhrzeiger denken.
Ich klingelte am Gartentor. Das leise Surren ertönte und ich betrat den breiten Kiesweg.
Da kam mir Nadine entgegengelaufen. Sie trug ein hellblaues Seidenkleid. Die rötlichen Haare wellten sich um ihr schmales Gesicht, in dem alles wie mit einem feinen Stift gezeichnet ist. Nichts an Nadine war breit und kräftig. Ich kann sie nicht beschreiben, aber ich habe das Gefühl, dass sie noch niemals richtig gearbeitet hat und es auch niemals wird tun müssen. Es gelingt mir immer nur, mir Nadine tanzend vorzustellen oder auf einem hellen Sofa liegend und lesend. Es ist nicht möglich, sich Nadine auf dem Feld zu denken oder bei einer Gartenarbeit.
Nadine braucht einen glänzenden Rahmen wie die Bilder in der Halle, dachte ich, als sie auf mich zukam. Vielleicht kann die Bühne solch ein Rahmen für sie sein oder ein schönes Zimmer oder eine blühende Wiese.

[44]Postu mare = große Fastenzeit zwischen Fastnacht und Ostern.

»Annuzza!«, rief Nadine. »Wir haben Besuch. Cornel ist da. Mein Vetter aus Bukarest. Er kommt in unsere Stadt auf die Militärakademie. Er ist schon achtzehn und wird sicher mal General. Ich bin neugierig, ob er dir gefällt. Ich finde ihn einmalig.«
Was konnte ich darauf erwidern?
Nun war der Nachmittag mit Nadine verpatzt. Was sollte ich mit diesem Vetter aus Bukarest reden? Sicher war er hochmütig und eingebildet wie alle Jungen der Militärakademie. Man begegnete ihnen oft auf der Strada Flondor, der Promenadenstraße der Stadt. Aber sie schauten nur auf die Mädchen, die schon Stöckelschuhe trugen und niedrige Nummern auf dem Filzdreieck, auf die Mädchen der höheren Klassen. Uns beachteten sie nie. Nach der vierten Klasse mussten wir die kleine Matura ablegen und dann erst bekamen wir die niedrigen Schulnummern.
Ich werde ihn duzen, obgleich er schon achtzehn ist. Diese Kadetten stolperten ja vor lauter Hochmut über ihre eigenen Füße. Gerade deshalb werde ich ihn behandeln, als wäre er Marcel oder ein anderer Schulkamerad aus der Dorfschule, beschloss ich.
Das alles überlegte ich mir auf dem Weg in Nadines Zimmer. Nadine schwärmte inzwischen von Nelos Aussehen, seinem Verstand und seinen Manieren – als wäre er eine sagenhafte Heldengestalt.
Plötzlich blieb sie mitten auf einer Stufe stehen und sagte: »Du machst ein Gesicht, Annuzza, als hätte dich jemand in kaltes Wasser getaucht. Freust du dich gar nicht?«
»Worauf?«, fragte ich kurz.
»Nun, auf Nelo natürlich.«
Nadine sieht goldene Berge, wo nur kleine Hügel sind, dachte ich. Und als wir in ihr Zimmer kamen, wappnete ich mich mit Abwehr.
Aus einem der Stühle erhob sich ein junger Mann. Er stand langsam auf, als geschähe es gegen seinen Willen. Na ja,

wenn man so lang ist wie die Kukuruzstauden des Maisfeldes im Herbst, dann ist das Aufstehen eine schwierige Sache. Zwei Marcels übereinander gestellt, das gäbe einen Nelo, dachte ich und musste innerlich darüber lachen.
Der lange Vetter verbeugte sich, aber nur andeutungsweise. Dabei sagte er: »Cornel Mosdor.«
Er war so groß, dass ich beinahe einen Knicks gemacht hätte, wie ich es in den letzten Jahren gelernt hatte. Aber es fiel mir noch rechtzeitig ein, dass er ja nur ein Kadett war.
»Das ist Annuzza«, sagte Nadine.
»Ich habe es mir gleich gedacht. Die Gutstochter vom Land«, sagte dieser Nelo und lächelte mit leicht gesenkten Mundwinkeln.
So ein dummes Lachen! Warum lächelt er überhaupt? Ich bin die Gutstochter Annuzza! Seit drei Jahren. Übrigens war er genau wie die anderen Jungen der Militärakademie. An seiner Uniform blitzten goldene Knöpfe, groß wie Dragos Taler. Er hat blaue Augen wie Nadine, stellte ich fest. Die Augen lachten in seinem schmalen, dunklen Gesicht, als gehörten sie gar nicht dorthin.
»Wenn du alles so genau weißt wie die Tatsache, dass ich die Gutstochter Annuzza bin, kann dir ja nichts mehr geschehen«, sagte ich schroff.
»Deine Freundin hat sicher wilde Pferde geritten auf dem Gut«, sagte Nelo zu Nadine und schaute mich dabei an.
»Nein«, sagte ich. »Ich habe nur Schafe gehütet.«
Nadine blickte verwundert von einem zum anderen.
Mir schien es, als stünde ich auf einer Bühne und spielte eine fremde Rolle in einem komischen Stück.
»Ein streitbarer Geist, deine Freundin, Nadine«, bemerkte Nelo und sah mich an.
Sprach man in Bukarest so geschwollen? Nun, was ging es mich an? Ich trat an das Glasbord und holte mir den kleinen Affen.
»Fühlst du dich zu Affen hingezogen?«, fragte Nelo.

»Bisher kenne ich nur einen, flüchtig. Der Stoffaffe zählt nicht«, sagte ich und wunderte mich selbst über meine Schlagfertigkeit. Ich wusste gar nicht, dass ich so sein kann. Das war der Anfang. Dabei kam ich mir vor wie ein Vogel, der zum ersten Mal allein auf einem Ast sitzt und merkt, dass er Flügel hat.

Als ich nach diesem Nachmittag im dunklen Zimmer lag, tauchte Nelos schmales Gesicht immer wieder zwischen den gewohnten Traumbildern auf. Ich verscheuchte ihn, aber er kam stets wieder.

Als ich einschlief, geisterte er sogar durch meinen Schlaf. Vor einem lang gestreckten Gutshaus erschien er plötzlich als verwegener Reiter. Oder er kletterte wie ein Affe auf den höchsten Baum eines gepflegten Parks.

Am Morgen war ich böse auf mich selbst. Was hatte dieser Nelo in meinen Träumen verloren? Was ging er mich an? Nichts. Gar nichts. Viel weniger als Marcel. Und von Marcel träumte ich nie.

Am nächsten Tag sagte Nadine in der Schule: »Nelo fand dich sehr nett.«

Obgleich mein Herz ein wenig schneller klopfte, versuchte ich eine möglichst unbeteiligte Miene aufzusetzen und sagte: »Aber ich finde ihn scheußlich. Er ist genau wie die anderen Kadetten.«

»Du kennst doch gar keine«, bemerkte Nadine.

»Vom Sehen. Das genügt mir«, erwiderte ich schroff.

»Na, na«, sagte Nadine. Und damit war unser Gespräch über Nelo beendet.

Jedes Mal wenn ich nachmittags zu Nadine ging, fürchtete ich Nelo bei ihr zu treffen. Ich hatte Angst, er könnte mich nach dem Namen unseres Gutes fragen. Oder nach seiner Lage. Nelo sah so aus, als würde er alles ganz genau wissen wollen. Jetzt gab es einen Menschen mehr, den ich angelogen hatte. Einen Menschen mehr, der eines Tages erfahren würde, dass ich nur eine Bauerntochter bin.

Im Sommer standen an verschiedenen Straßenecken der Stadt die Oltenier. Es waren Obstbauern aus Oltenien, die ihre Früchte auf eine besondere Art feilboten.
Über ihren Schultern lag eine gebogene Holzstange. Daran hingen an je vier Schnüren befestigt zwei große, geflochtene Weidenholzteller. Ein Teller hing an der rechten, der andere an der linken Seite hinab, in Handhöhe etwa. Die Oltenier mussten darauf achten, dass auf beiden Tellern das Gewicht des Obstes gleich schwer war, dass das Gleichgewicht erhalten blieb.
So ähnlich erging es mir. Ich musste sehen, dass das Gewicht meiner Schwindelgeschichte das Bauernmädchen nicht überwog. War ich überhaupt noch ein anständiger Mensch? Es war sonderbar, aber seitdem ich Nelo kennen gelernt hatte, dachte ich mehr denn je, dass es ganz falsch war, was ich tat.
Eines Tages ging ich von einer Nachhilfestunde über die Strada Flondor den gewohnten Weg ins Schülerheim. Um diese Stunde war die breite Straße mit gut gelaunten Menschen, wie es mir schien, überfüllt. Autos und Fiaker fuhren meist über die gleichlaufende Siebenbürger Straße. Deshalb konnte ich, da ich es eilig hatte, vom Gehsteig auf die Fahrbahn treten. Von hier aus waren die Menschen viel besser zu beobachten. Das machte mir jedes Mal besonderen Spaß.
Da sah ich eine Gruppe von Kadetten herankommen. Sie blickten einigen Schülerinnen unserer Schule nach und lachten. Plötzlich löste sich eine hohe Gestalt aus der Gruppe und kam geradewegs auf mich zu. Es war Nelo.
Mir stieg das Blut in die Wangen. Ich spürte es deutlich und ärgerte mich darüber. Warum hatte ich bloß meine alten Schuhe an? Die Absätze waren schon abgetreten. Und die Naht der grauen Florstrümpfe saß bestimmt schief.
»Gehst du auch spazieren, Annuzza?«, fragte Nelo statt einer Begrüßung, als er vor mir stand.
»Nein«, antwortete ich. »Ich pflücke Veilchen.«

»Ah!«, sagte Nelo. »Ich pflücke Veilchen für mein Leben gern. Ich werde dir also dabei helfen.«
Ich wusste nicht, was ich darauf erwidern sollte.
Nelo ging, als wäre es selbstverständlich, neben mir her. Dabei schaute er suchend auf das Pflaster.
»Es scheint ein schlechtes Veilchenjahr zu sein«, bemerkte er. »Ich sehe keine. Vielleicht sollten wir im Volksgarten suchen. Da haben wir sicher mehr Erfolg.«
»Nein«, lehnte ich ab. »Ich muss ins Schülerheim.«
»Wenn's sein muss«, meinte Nelo. »Dann pflücken wir eben morgen.«
»Morgen hab ich keine Zeit.«
»Na, Veilchen gibt's ja immer«, sagte Nelo. »Dann eben übermorgen.«
Auch diesen Vorschlag lehnte ich ab. Ich wollte mich nicht mit ihm verabreden. Was sollte Nadine davon halten? Außerdem würde sich Nelo bestimmt nicht um mich kümmern, wenn er wüsste, dass ich die Tochter des Bauern Burda bin.
An der Ecke des Schülerheims verabschiedete ich mich kurz von ihm. Seit meiner Ablehnung waren wir schweigend nebeneinander gegangen. Nelo war es wohl nicht gewöhnt, von einem Mädchen eine Absage zu bekommen.
Eigentlich fand ich es nett von ihm, wie er auf meine patzige Veilchengeschichte eingegangen war. Was er wohl von mir denken mochte? Ich schüttelte unwillig den Kopf. Es war doch egal, was er dachte.
War es mir wirklich gleichgültig?
Als ich am übernächsten Tag wieder zu Nadine ging, saß Nelo in ihrem Zimmer. Während Nadine hinunterlief, um Gebäck zu holen, sagte er: »Aha, deshalb hat das Veilchenmädchen keine Zeit für mich.«
Ob es Zufall oder Absicht war, wusste ich nicht, aber wir begegneten uns in den folgenden Wochen häufig.
Nelo kam mir in der Strada Flondor entgegen und begleitete mich dann meist bis zum Schülerheim. Oder er tauchte uner-

wartet bei Nadine auf, wenn ich bei ihr war. Auf diese Weise lernten wir uns näher kennen. Wir sprachen über ernsthafte Dinge. Über den Dichter Goga, die Schule, über Bücher oder über das Leben. Manchmal sprachen wir auch über uns selbst. Was mich am meisten erstaunte war die Feststellung, dass Nelo weder eingebildet noch hochmütig zu sein schien. Er ging auf jeden Scherz ein und tat mit, als wäre er fünfzehn Jahre alt wie Nadine und ich.

Dann wieder führten wir Gespräche, dass ich glaubte, achtzehn zu sein wie er.

Ich reichte ihm bis zur Schulter. Wenn ich neben ihm stand, streckte ich mich ein wenig, um größer zu erscheinen. Auch kam es mir vor, wenn ich mit ihm durch die Strada Flondor ging, als sähen mich die anderen Mädchen neidisch an.

Eines Tages brachte Nelo einen Freund mit, Traian Virulescu. Von da an gingen wir oft zu viert nachmittags ins Theater, wenn Nadine Probe hatte. Oder wir machten gemeinsame Spaziergänge. Der Frühling war schön wie noch keiner bisher. Unser Dorf schien mir viele hundert Meilen entfernt. Manchmal war es überhaupt nicht mehr da.

Dann wieder lag ich in meinem Bett und überlegte, ob ich wirklich jene Annuzza war, die früher das halbe Jahr mit lederharten Fußsohlen über die Felder gelaufen ist. Jene Annuzza, die in ihrer dunklen Katrinza am Flussufer gehockt hat, die Hand umspült von den klaren Wellen.

Annuzza im Maisfeld. Annuzza auf der Poiana. Annuzza beim Moische.

Hatte ich all das tatsächlich erlebt? War ich es gewesen? Oder bin ich eine Gutstochter?

Wirklichkeit und Traum, sie trafen sich nur in der Gestalt der ordentlichen Schülerin Burda. Sie sahen sich, sie wussten voneinander.

Aber es blieben immer zwei Annuzzas. Eine geträumte und eine wirkliche. War es schlimm, dass ich die unwirkliche Annuzza lieber hatte?

In den großen Ferien sollte Kuzas Hochzeit mit Mihai stattfinden. Am Tag vor der Heimfahrt traf ich Nelo noch einmal. Er fuhr in den Ferien nach Bukarest und von dort nach Constanza am Schwarzen Meer.
Als er es mir erzählte, dachte ich: Er wird mich vergessen. Wenn er wiederkommt, wird er mich kaum beachten. Und dann werde ich ihm sagen können, wer ich wirklich bin. Es tat weh, so zu denken, und zugleich erleichterte es.
Immer besser verstand ich Drago, der zu mir gesagt hatte: »Das Leben, Annuzza, hat zwei Seiten. Und sie liegen sehr nahe beieinander. Die dunkle Seite und die helle.« Oder: »Man begeht Unrecht und erleidet Unrecht.«
Nelo war sehr schweigsam an diesem letzten Nachmittag vor den Ferien. Vielleicht dachte er bereits an den Sommer in Constanza.
Auf dem Rathausplatz begegneten wir einer Gruppe von Bauern. Sie sahen genauso aus wie die Menschen bei uns auf dem Dorf. Ihre Gesichter waren hart und verschlossen.
Ich blickte auf ihre Hände und sah an ihnen die Spuren der Feldarbeit, die ich nur zu gut kannte. Man merkte es ihnen an, wie fremd sie sich in der Stadt fühlten.
Auch Nelo empfand wohl ähnlich. Er sagte unvermittelt: »Es ist falsch, so viele Bauern in die Stadt zu ziehen. Mit Versprechungen und Luftschlössern. Das Land geht dadurch verloren. Und sie werden nie Stadtmenschen. Weißt du, Annuzza, sie kommen mir vor wie Blumen, die man abreißt, um sie in eine Vase zu stecken. Die sehen zwar zunächst ganz hübsch aus, aber dann verwelken sie schnell.«
Woher wusste das Nelo so genau?
Wenn er ahnte, dass auch ich ein Bauernkind bin, würde er seine Gedanken für sich behalten.
Dabei würde er denken: Auch diese Annuzza wird sich in der Stadt niemals heimisch fühlen.
Mag sein, dass er nicht einmal mit mir über diesen Rathausplatz ginge. Ich zitterte.

Am liebsten wäre ich davongelaufen. Irgendwohin. Immer weiter. Bis nach Hause. Wo ich das sein konnte, was ich wirklich war. Wo es keine Nadine gab und keinen Nelo.
»Glaubst du nicht, dass ich Recht habe?«, fragte Nelo.
»Ich weiß es nicht«, antwortete ich leise.
»Darf ich dir aus Constanza schreiben?«
Ich schüttelte wortlos den Kopf.
»Dann werde ich an dich denken«, sagte Nelo leise, als wir vor dem Tor des Schülerheims angekommen waren.
Wir reichten uns die Hände.
»Ich auch«, sagte ich.
Aber ich wusste nicht, ob er es noch gehört hatte, denn er hatte sich bereits umgewandt und ging den Weg allein zurück, den wir gemeinsam gekommen waren.
Ich blieb noch einen Augenblick lang an der Tür stehen und schaute ihm nach. Mit einem Mal wusste ich, dass der Uhrzeiger an jenem Sonntag in der großen Fastenzeit Recht behalten hatte: Ich war einem Menschen begegnet, der mir lieb geworden war.
Schnell, als liefe jemand hinter mir her, nahm ich zwei Stufen auf einmal und warf mich in unserem Zimmer auf mein Bett. Was sollte nun werden – mit der Gutstochter Annuzza und dem Kadetten Nelo?

Kuzas Hochzeit

Ich war wieder auf dem Dorf. Anfangs glaubte ich, die Ferien würden kein Ende nehmen. Allmählich aber fand ich mich daheim zurecht. Die Sommerferien dauerten bei uns drei Monate. Von Anfang Juli bis Ende September. Das war eine lange Zeit.
In den ersten Wochen half ich den Eltern bei der Feldarbeit. Mittags schickte Mutter mich meistens ins Haus. Ich sollte das Essen kochen. Auf diesem Weg stahl ich mich oft heim-

lich ins Maisfeld. Unter einem schützenden Kürbisblatt hielt ich einen wasserdichten Leinenbeutel mit Büchern, Papier und Bleistift verborgen. Es geschah nicht selten, dass ich die Zeit vergaß und erst die Kirchturmuhr mich an meine Pflichten erinnerte. Dann lief ich auf den Opanken eilig in die Küche und versuchte das Versäumte nachzuholen.
Bunika schüttelte dann den Kopf. Aber sie rügte mich sonderbarerweise nie.
Auch Vater hatte sich wohl damit abgefunden, dass ich nun Schülerin des »ehrwürdigen Liceul Orthodox« war. Als ich heimkam, sagte er nur kurz: »Zu Hause wird weder geschrieben noch gelesen oder gelernt. Das kannst du in der Stadt machen. Hier lebst du so, wie wir leben.« Deshalb nahm ich mir heimlich die Zeit im Maisfeld.
Eines Tages kam mir ein Gedanke, der mich nicht mehr losließ. Ich wollte meine Geschichte aufschreiben, von jenem Tag an, an dem der Bussard Mikuza gerissen hat.
Ich wollte sie für Nadine schreiben und vielleicht auch für Nelo. Alles was war, die ganze Wahrheit, stünde in den Heften. Es würde viel leichter sein, Nadine die beschriebenen Seiten zu geben, als vor ihr zu stehen und ihr meine Unwahrheit zu beichten.
Von da an gewannen die Stunden im Maisfeld eine besondere Bedeutung für mich. Der Bleistift schrieb nieder, was ich erlebt, gedacht und geträumt hatte. Hinter jeder Zeile stand wie ein unsichtbares Ausrufezeichen der Wunsch, dass Nadine mich verstehen und mir verzeihen möge. Nadine und Nelo. Ich nahm mir vor, mit meinen Aufzeichnungen bis zum Schulanfang fertig zu sein.
Dann aber wurde ich von dem Wind, den Kuzas bevorstehende Hochzeit in unserem Leben verursachte, aufgegriffen und getrieben – wie die Fäden des Altweibersommers. Es blieb mir kaum Zeit, mich im Maisfeld mit Papier und Bleistift zu verstecken. Die Vorbereitungen begannen nach alter Sitte mit der Anschaffung einer Lada de Zestre[45]. Nun stand sie in un-

[45]*Lada de Zestre = Aussteuertruhe, handgeschnitzt und bemalt.*

serer Kammer neben Kuzas alter Kleidertruhe und wartete darauf, am Hochzeitstag in das Haus des Bräutigams getragen zu werden.
Mihai ist ein Bauernsohn. Seine Mutter lebt nicht mehr und so wird Kuza Alleinbäuerin auf dem Hof ihres Mannes werden. In den Wochen vor der Hochzeit strahlten Kuzas Augen heller denn je. Sie lachte und sang. Und wenn wir allein in der Küche waren, tanzte sie sogar mit mir. Jede ihrer Bewegungen schien Ausdruck ihres Glücks zu sein.
Viele Stunden am Tag half ich ihr bei der Anfertigung der Geschenke, die jede Braut bei uns auf dem Lande zu ihrer Hochzeit machen musste: Für Mihai, seinen Vater und seine Verwandten nähten wir Hemden. Für die Brautführer und die Kranzelmädchen wurden lange Naframe[46] bestickt. Jeder Stich dieser Geschenke sollte mit der Hand genäht werden. So war es üblich und wir hielten uns dran.
Puiu saß tagelang auf dem Hof und bemalte die Hochzeitsteller, die ebenfalls zu Kuzas Aussteuer gehörten. Es geschah freilich mehrmals, dass er einen Teller verpatzte. Dann sagte Bunika: »Ein dummer Pope hat dich getauft, Puiu!« – ein bei uns auf dem Dorf gebräuchlicher Ausspruch für ungeschickte Kinder.
Eines Abends – es war zwei Wochen vor der Hochzeit – saßen Kuza und ich über unsere Handarbeiten gebeugt. Mutter und Vater sprachen miteinander über das teure Festmahl, das für die vielen Gäste aufgetischt werden musste. Bisher hatte ich es noch nie erlebt, dass die Eltern so eifrig miteinander redeten. Die Worte fielen schnell, wie die ersten Tropfen eines Gewitters hart auf den trockenen Boden klatschen. So war es gar nicht verwunderlich, dass ich aufhorchte.
»Wir werden es nicht schaffen«, hörte ich Mutter sagen.
»No, es muss aber sein«, meinte Vater.
»Eine kleine Hochzeit ist besser als große Schulden.«
»Wir haben den größten Hof und wir werden die größte Hochzeit machen«, sagte Vater.

[46]Naframe = lange Leinenhandtücher, die reich bestickt sind.

»Und das Geld?«, fragte Mutter.
»Der Moische wird es geben«, antwortete Vater.
Je mehr er sprach, desto stärker wurde der Schnapsgeruch in der Küche. Er vermischte sich mit dem scharfen Rauch seiner Pfeife.
»Der Moische gibt Geld, und dann nimmt er das Doppelte«, meinte Mutter und schüttelte schwer den Kopf, als trüge sie eine Last.
»Nach der Ernte werden wir ihm das Geld wiedergeben«, sagte Vater mit langsamer Zunge.
»Du redest, Bade[47], wie der Vogel singt.« Mutters Stimme klang zornig. »Du weißt es so gut wie ich. Nach der Ernte müssen wir den Wald zurückkaufen, der in deine Kehle gelaufen ist.«
Der Wald? Welchen Wald?
Ich blickte zu Kuza. Sie hatte ihren Kopf tief gesenkt und tat, als hörte sie nicht zu. Ich stieß sie mit dem Ellenbogen an.
»Was ist mit dem Wald?«, flüsterte ich.
Kuza zuckte mit den Schultern.
»Hier reden nur wir!«, schrie Vater mich an.
»Annuzza soll es ruhig wissen, dass das Waldstück am Hügel nicht mehr uns gehört. Du hast beim Moische Schnaps gekauft. Jede Flasche ein Baum. Nun hat der Moische die Bäume alle und wir haben nur leere Schnapsflaschen«, sagte Mutter.
»Die Felder sind wichtiger als der Wald. Der Moische bekommt sein Geld«, murmelte der Vater. Ich hatte ihn noch nie so leise sprechen gehört. War es das Schuldbewusstsein, das seine Stimme dämpfte?
»Die Felder werden auch noch drankommen, wenn du das Trinken nicht sein lässt, Bade«, erklärte Mutter. Sie nannte Vater jetzt immer nur Bade, nicht mehr Burda wie früher. Sie musste sehr böse auf ihn sein.
Wir hatten den Wald nicht mehr. Die Bäume, die ich erstiegen, die Rinde, die ich gestreichelt hatte – alles gehörte dem

[47] *Bade = Anrede für den Bauern.*

Moische. Und Vater sammelte leere Schnapsflaschen. Ich hatte es damals bei Nadine halb im Scherz gedacht. Aber es war die Wahrheit.

»Wir werden viele Nuni mari[48] einladen, und sie werden den Libov[49] bezahlen«, sagte Vater.

»Und deinen Schnaps dazu!«, rief Mutter. »Und nach der Hochzeit wirst du das Maisfeld vertrinken!«

Nicht das Maisfeld!, wollte ich rufen. Aber was würde es nützen? Ich presste meine Hand an die Lippen. In wenigen Wochen fuhr ich zurück in die Stadt, und hier würde alles seinen Weg nehmen. Wenn Mutter es nicht verhindern konnte, wie sollte es dann mir gelingen? Aber vielleicht könnte ich Geld verdienen?

Plötzlich spürte ich wieder deutlich, wie sehr ich an allem hing: am Hof, an den Feldern, an jedem Kukuruzstock. Jahrelang war ich über den Boden gegangen und hatte gewusst: es ist unsere Erde. Nun sollte ein Stück nach dem anderen dem Moische gehören? Oder den Bauern, die weniger tranken als Vater?

Nelo hatte gesagt: »Man zieht die Bauern in die Stadt, und das Land geht verloren.« O Nelo, dachte ich, ich bin keine Gutstochter, und wenn Vater weiter so viel trinkt, werde ich auch bald keine Bauerntochter mehr sein …

Ich sah, dass Vater mit schwankenden Bewegungen die Küche verließ. Mutter blickte ihm kopfschüttelnd nach.

»Wir werden dir schon eine schöne Hochzeit ausrichten, Kuza«, sagte sie. Dann ging auch sie hinaus.

»Du bist in der Stadt und weißt nicht, was hier geschieht«, bemerkte Kuza leise.

»Niemand hat mir davon erzählt«, erwiderte ich.

»Wozu auch?«

Ja, wozu? Vielleicht nur, damit ich empfand, wie fest ich mit unserer Erde verwurzelt bin.

Seit diesem Abend betrachtete ich die Vorbereitungen mit anderen Augen. Kuza schien es weit weniger zu berühren. Sie

[48] *Nuni mari = Trauzeugen.*
[49] *Libov = Hochzeitsessen.*

war in Gedanken wohl schon die Bäuerin des neuen Hofes. Ich aber dachte bei jedem Weg, bei allem, was ich tat: Wie lange wird es noch uns gehören?
Einmal traf ich Marcel auf der Straße. Ich erkannte ihn kaum wieder. Er war gewachsen und war nun größer als ich. Seit zwei Jahren lernte er in Sinaia bei einem Kunsttischler. Er erzählte mir, dass seine Lehrzeit bald beendet sei und dass er dann selbst eine Werkstatt in unserem Dorf aufmachen wolle. Sein Vater würde ihm das Geld dazu geben.
Er war viel sicherer als früher. Wenn er mit mir sprach, wurde er nicht mehr so oft rot. Er redete ohne zu stottern – beinahe wie die Jungen in der Stadt. Auch sein Gesicht hatte sich verändert. Es war ruhig und klar wie unser Dorfteich.
Trotzdem konnte ich spüren, dass er sich über unsere Begegnung freute. »Deine Schwester hat mich zum Brautführer bestellt«, sagte er.
»No ja, wenn sie keinen anderen wusste«, sagte ich.
»Vielleicht wusste sie einen anderen, aber sie hat sich gedacht, es könnte dich freuen. So, wie es mich auch freut.«
Ich nickte. Freute es mich? Es war Marcel und nicht Nelo. Aber Nelo dachte wohl gar nicht mehr an mich in dem eleganten Constanza am Schwarzen Meer. Es gab so viele Mädchen. Echte Gutstöchter vielleicht.
Doch Marcel wusste, wer ich wirklich war. Vor ihm brauchte ich keine Rolle zu spielen. Hier lebte ich mein Leben und konnte sprechen ohne nachzudenken.
Ja, ich freute mich, dass Marcel Kuzas Brautführer sein würde. Und ich ihr Kranzelmädchen.
Einige Tage vor der Hochzeit ritten Marcel und der zweite Brautführer, ein Freund von Mihai, als Hochzeitsbitter aus, um die vorgesehenen Gäste einzuladen. Sie hatten ihre Sonntagshemden und bestickte Hosen angezogen. Auf der Mütze und am Rock waren Blumensträuße befestigt, die Kuza und ich gebunden hatten. Vor unserem Cerdak bestiegen sie ihre Pferde. Ich reichte Marcel den kurzen Stock, an den ein bunt

besticktes Tuch geknüpft war. An einem Lederriemen hatten beide Brautführer die verzierte flache Ploska[50] befestigt.
So zogen sie aus, drei Tage lang um die gleiche Zeit. Sie besuchten in den umliegenden Höfen die Bauern oder sprachen die Leute auf der Straße an, die zum Libov geladen werden sollten. Wer von ihnen einen Schluck Schnaps aus der Ploska nahm, hatte die Einladung angenommen.
Inzwischen bereiteten wir auf dem Hof und im Haus das Fest vor. Es sollte möglichst großzügig und geräuschvoll werden. Bei uns heißt es: Je lauter das Hochzeitsfest, desto friedlicher das gemeinsame Leben der Eheleute. Es wurde gebacken, gekocht und die Tische wurden gerichtet. Bei allen Vorbereitungen fragte ich mich: Wo nimmt Mutter das Geld dafür her? Aber sie sprachen nicht mehr darüber und ich wagte nicht zu fragen. Bunika saß auf ihrem Platz und gab gute Ratschläge. Vater probierte die Weine und Schnäpse.
Als Nuni mari wurden zwölf Eheleute bestellt. Es waren lauter Bauern, die, wie es bei uns Sitte war, die Hauptlast der Kosten tragen mussten.
Dann kam der Tag der Hochzeit. Kuza stand zeitig am Morgen auf und ich sah ihr zu, wie sie sich für ihren Festtag schmückte. Ihre Lippen betupfte sie mit dem Saft einer roten Rübe, damit sie dunkel glänzten. Das blonde Haar steckte sie zu einer Krone auf und befestigte darin frische Mohn- und Kornblumen. Den Gürtel schmückte sie mit einem leuchtenden Blütenstrauß.
Indessen hatte auch ich meine neue Katrinza und das reich geschmückte Hemd angezogen. Diesmal trugen wir beide Seidenstrümpfe und schwarze Halbschuhe.
Auf dem Hof striegelte Puiu die beiden Pferde. Er steckte ihnen Blumensträuße an und johlte dabei:

»Heute ist Hochzeit – der Hof wird leer,
heute ist Hochzeit – die Lada ist schwer.«

Um zehn Uhr bestieg Kuza mit strahlendem Gesicht den Hochzeitswagen. Er war ganz mit Blüten, Tannengrün und

[50] Ploska = flache, reich verzierte Holzflasche.

Bändern bekränzt, sodass man kaum mehr ein Stück nacktes Holz entdecken konnte. Hinter ihr stand die gefüllte Lada de Zestre. Vor dem Tor auf dem Feldweg wartete Mihai auf seinem Wagen. Kuza fuhr an, winkte stehend ihrem Bräutigam zu und er folgte ihr in kurzem Abstand. Dann erst schlossen sich in der festgesetzten Reihenfolge die anderen Fuhrwerke an, die alle auf dem Feldweg vor unserem Haus gewartet hatten. Im dritten Wagen saß ich mit dem zweiten Kranzelmädchen und den beiden Brautführern. Hinter uns kamen die Wagen mit den Eltern, den Trauzeugen, den Gästen und den singenden Burschen und Mädchen. Jeder war reich mit bunten wehenden Bändern und Blumen geschmückt. Es war ein frohes Bild.

Vor der Kirche warteten viele Zuschauer auf den Hochzeitszug. Wir betraten mit möglichst leisen Schritten den gewölbten Raum und der Pope begann die Messe zu lesen. Das dauerte beinahe zwei Stunden. Einmal beugte sich Marcel zu mir: »Vielleicht stehen auch wir einmal so vor dem Popen wie Mihai und Kuza heute«, raunte er.

»Fragt sich nur, mit wem«, flüsterte ich zurück.

»Na, du mit mir doch«, erwiderte er ebenso leise.

Ich schüttelte den Kopf so heftig, dass mir eine Blume aus dem Haar fiel.

Marcel bückte sich und hob sie auf. Als er sie mir reichte, sagte er: »Kommt Zeit, kommt Verstand.«

Ich erwiderte nichts und dachte: Es muss schön sein zu heiraten, wenn man glücklich ist …

Nach beendeter Messe wechselte der Pope die Ringe zum Zeichen der kirchlichen Verlobung und dann erfolgte erst die eigentliche Trauung durch das Auflegen der Cununi[51]. Sie werden durch zwei Holzringe symbolisiert, die der Pope Kuza und Mihai aufs Haar drückte. Dann stimmten der Pope und der Chor der anwesenden Priester das »Isaia tanzt« an. Mit einer feierlichen Gebärde überreichte der Pope dem ersten Trauzeugen ein Ende seiner Stola. Der Trauzeuge gab es

[51] *Cununi = Brautkrone.*

durch Händedruck an alle Gäste weiter. Dreimal wurde der geschmückte Altartisch von allen Anwesenden umkreist. Kuzas Augen waren feucht, als der Pope ihr die beiden weißen bemalten Hochzeitskerzen übergab.

Diese Kerzen hatten während der ganzen Feier auf dem Altar gestanden und einen hellen Schein auf ihr Gesicht geworfen. Nun würden Kuza und Mihai diese Kerzen ihr Leben lang in der Feiertagsstube aufbewahren, wie es bei uns üblich ist.

Mit der Übergabe der Kerzen war die Trauung beendet. Wir verließen die Kirche und bestiegen die Wagen.

In der gleichen Reihenfolge wie zuvor fuhren wir unserem Hof entgegen. Alles war so festlich, viel schöner als jede Kirchenfeier bisher.

Im Haus und auf dem Hof standen die gedeckten Tische. Alles, was uns an Tellern, Bestecken und auch Tischen gefehlt hatte, war von den einzelnen Nachbarn ausgeliehen worden. Die weißen Tischtücher blitzten in der Mittagssonne wie frischer Schnee.

In unserer Feiertagsstube war der Tisch für die Vornehmen, wie Vater sagte, gedeckt. Dort saßen der Lehrer mit seiner Frau, der Pope und die Popadia, der Bürgermeister mit der Bürgermeisterin, der Arzt und der Apotheker. Auch in der Küche, in der Tinda und auf dem Hof waren die Plätze an den Tischen genau verteilt. An dem größten Tisch, der unmittelbar vor dem Cerdak stand, saßen Kuza und Mihai. Sie hielten sich an den Händen, als könne sie nichts mehr trennen.

Das Essen dauerte bis in den Abend hinein. Auf dem Cerdak saßen die Musikanten und spielten auf.

Als die Schüsseln leer waren, schenkte Vater mit Hilfe unserer beiden Knechte den Wein ein. Dabei forderte er Marcel auf, mit dem Einsammeln der Spenden zu beginnen. Mutter brachte Marcel das Tablett mit dem Pahar Dulce[52]. Marcel erhob sich.

Ich wunderte mich, wie unbefangen er auf den ersten Trauzeugen und seine Frau zuging. Man merkte ihm nicht die

[52]Pahar Dulce = das »süße Glas«; ein kostbares Glas, das bei rumänischen Hochzeiten, gefüllt mit Früchten und Wein, den Trauzeugen angeboten wird.

geringste Verlegenheit an. Er hatte sich tatsächlich sehr verändert.
Mit lauter Stimme verkündete Marcel den Namen des Trauzeugen und bot ihm den geschliffenen Becher an.
Der Beistand und seine Frau leerten ihn und dabei sagte der Trauzeuge in die aufmerksame Stille hinein: »Es lebe die junge Ehe!« Danach legte er einige Banknoten auf das Tablett und erklärte mit weithin vernehmlicher Stimme, dass er dem jungen Paar noch ein Stück Jungvieh und drei Schafe als Hochzeitsgabe schenke.
Inzwischen waren alle Gäste, auch die Vornehmen, im Hof versammelt. Unter Händeklatschen und fröhlichen Zurufen wurden diese ersten Geschenke von allen Anwesenden zur Kenntnis genommen. Die Musikanten spielten einen Tusch.
So ging es fort. Ein Trauzeuge nach dem anderen gab seine Spenden bekannt und legte Geld neben den Becher. Auch der zweite Brautführer machte nun bei den übrigen Gästen mit einem Holzteller die Runde.
Ich saß auf meinem Platz und beobachtete, wie Vater die Banknoten einsteckte und Mutter zufrieden zunickte. Kuza und Mihai schienen sich aneinander viel mehr zu freuen als über die reichen Geschenke.
Ob es Nelo gefallen würde, auf diese Art seine Hochzeit zu feiern? Ich kannte es so, es ging bei uns nicht anders zu als bei jeder Bauernhochzeit. Trotzdem schämte ich mich ein wenig. Es kam mir vor wie eine Bettelei, um die man den bunten Mantel einer Hochzeit geworfen hatte. Dieser Gedanke wäre mir wohl nie gekommen, hätte ich damals nicht das Gespräch der Eltern mit angehört.
»Eine reiche Hochzeit«, sagte Marcel, als er an den Tisch zurückkam.
Ich nickte. Ob eine Hochzeit auf einem Gut ähnlich ausgerichtet wird?, überlegte ich.
»Sag, Annuzza, würdest du mal jemanden heiraten, der kein Bauer ist?«, fragte Marcel.

»Ich heirate bestimmt keinen Bauern«, antwortete ich.
»Das ist gut«, erklärte Marcel und lachte.
»Aber auch keinen Tischler!«
»Es könnte ja ein Kunsttischler sein«, meinte Marcel und versuchte meine Hand zu fassen.
Ich entzog sie ihm hastig und sprang auf. Dort beim Cerdak stand Herr Morianu. Ich lief auf ihn zu und begrüßte ihn.
Er sagte: »Ich höre viel Gutes über dich aus der Schule. Wenn du so weiter lernst, wirst du auch ein Universitätsstipendium bekommen, Annuzza.«
Was würde er sagen, wenn er wüsste, dass ich meine einzige Freundin anschwindelte und dazu noch einen künftigen Offizier? »Vielleicht werde ich mal Lehrerin bei einem Gutsbesitzer«, murmelte ich.
Herr Morianu lachte. »Bis du wirklich weißt, was du werden willst, wird noch viel Wasser den Sereth hinunterfließen ins Schwarze Meer.«
Und bis nach Constanza, dachte ich.
Da holte mich Marcel zum Tanz. Kam es mir nur so vor oder flog ich leicht wie eine Seifenblase über den grünen Rasen? Es schien mir, als berühre ich den Boden kaum. Und mit jeder Drehung verwirrten sich meine Gedanken mehr.
Kuza feierte nur einmal Hochzeit. Warum sollte ich nicht mitfeiern – ohne über den verlorenen Wald, Nelo, Marcel und Nadine nachzudenken?
Vor dem Zaun des Hofes hatten sich mehrere Dorfbewohner eingefunden, um dem Fest zuzusehen. Die Musik klang weit hinaus in den Abend. Selbst die Leute auf dem Feldweg tanzten. Plötzlich sah ich, wie Kuza Mihai an der Hand ergriff und zum Hoftor führte. Sie öffnete es unter Lachen und alle, die davor gestanden hatten, mischten sich unter die geladenen Gäste.
So ist es bei uns auf dem Dorf. Keiner musste draußen bleiben. Irgendwie gehörten wir alle zusammen. Jedes Tor konnte geöffnet werden.

Um Mitternacht stellten wir uns alle in einem weiten Kreis auf, in dessen Mitte Kuza und Mihai den Brauttanz tanzten. Die Sterne zwinkerten wie ferne Kerzen.
Als der Tanz zu Ende war, holte Mihai ein seidenes Kopftuch aus seinem Gürtel hervor und wand es um Kuzas blondes Haar. Als verheiratete Frau durfte sie nie mehr mit unbedecktem Kopf gesehen werden. So erhielt Kuza als Zeichen ihrer neuen Würde das Tuch aus den Händen ihres Mannes, das sie zeitlebens tragen musste. An Wochentagen würde sie es freilich durch ein schlichtes Wolltuch ersetzen. Aber ich konnte mir vorstellen, dass Kuza das Seidentuch stets als Erinnerung in der Lada de Zestre aufbewahren würde.
Von diesem Augenblick an gehörte Kuza nicht mehr zu uns. Wie jede Bäuerin würde sie sich um die Ernte sorgen.
Ihr Leben wird sich nicht grundlegend ändern, überlegte ich. Nur das Haus wird ein anderes sein. Die Sorgen und die Freuden werden wohl ähnlich sein wie bisher.
Das Fest dauerte bis in die frühen Morgenstunden hinein. Über den gelben Feldern ging die Sonne wie eine glühende Scheibe auf. Ihr Licht traf die müden Gestalten, die auf den Stühlen oder auf dem Boden hockten. Es traf die Musikanten, die unermüdlich aufspielten, die Tanzenden und die halb leeren Tische.
Auf den Tischtüchern entdeckte ich Wein- und Schnapsflecken. Auf den Stufen des Cerdaks kauerte Vater. Seine Schultern hingen herab wie die welken Blumen auf seiner hohen Mütze. Als ich an ihm vorbei in die Küche gehen wollte, trat Mutter gerade auf ihn zu. Sie sagte: »Es ist genug für dich, Bade. Leg dich besser schlafen.«
»Du bist nicht der Pope«, lallte Vater. »Ich bleibe hier. Das war eine reiche Hochzeit. Eine schöne Hochzeit. So soll die Annuzza auch mal heiraten. Den Marcel, den Marcel. Dann wird es eine noch reichere Hochzeit. Der Bürgermeister hat Geld genug für den Wald, für das Maisfeld und für Schnaps, viel Schnaps …« Vaters Zunge gehorchte ihm kaum mehr.

Ich erschrak bei diesen Worten. Sicher wusste Vater nicht mehr, was er sprach. Aber Mutter – Mutter musste es doch verstanden haben und ihm die richtige Antwort geben!
Ich stand an der Küchentür und hielt mich am Türrahmen fest. Nein, ich wollte nicht versprochen und verkauft werden für Vaters Schnaps. Schon gar nicht an Marcel. Was sollte Marcel denken, wenn er solche Reden hörte? Und der Bürgermeister erst?
Warum sagte Mutter nichts? Sie griff nach Vaters Arm und versuchte ihn hochzuziehen.
»Hast du verstanden, Lele? Ich werde zum Bürgermeister gehen und seinem Marcel die Annuzza versprechen. Wo ist er, der Bürgermeister?«
»Der Bürgermeister ist schon fort. Du wirst deine Tochter nicht im Rausch verkaufen wie den Wald. Auch ich will, dass sie später mal den Marcel heiratet. Er ist ein ordentlicher Bursche. Aber sie wird es nur tun, wenn sie es will. Du wirst dich nicht einmischen und ich auch nicht. Und jetzt komm, Bade!«
Vater erhob sich schwankend. »Eine reiche Hochzeit, eine schöne Hochzeit«, murmelte er.
Ich lief durch die Küche in meine Kammer. Zwar konnte ich Mutter nicht um den Hals fallen, wie Nadine es bei ihrer Mutter tat. Aber ich war ihr dankbar. Ich fühlte mich von ihr beschützt.
Was aber, wenn Mutter eines Tages erfuhr, dass ich sie in der Stadt vor Nadine verleugnete? Die Stadt schien fortgerückt. Dort stand ich nur mit einem Fuß. Hier aber war ich zu Hause. Gerade bei Kuzas Hochzeit hatte ich es mehr denn je empfunden.
Während ich auf meinem Bett lag, kam mir der Gedanke, dass ich vielleicht gerade durch die Schule, die ich besuchen durfte, etwas tun konnte für unseren Hof und für Mutter.
Nur was, das wusste ich am Morgen nach Kuzas Hochzeit noch nicht.

Die Osterprozession

Nach diesen Sommerferien schien mein Leben als Schülerin genauso weiterzulaufen wie in den drei Schuljahren bisher. Ich lernte, besuchte Nadine und wartete auf Nelos Rückkehr aus Bukarest.

Manchen Nachmittag verbrachte ich damit, für Nadine und Nelo meine Geschichte aufzuschreiben. Ich tat es beinahe mit ähnlichem Eifer, wie ich damals vor dreieinhalb Jahren für die Aufnahmeprüfung gelernt hatte. Als ich beim Schreiben dort anlangte, wo ich ins Liceul Orthodox kam, merkte ich auf einmal, dass es einfacher war, über unser Dorf zu schreiben, über meine Erlebnisse und Gedanken als Bauernkind. Es wurde mir klar, dass in der Stadt für mich nichts so wichtig war wie die Freundschaft mit Nadine und Nelo.

Hier lebte eigentlich nur Nadine mit mir. Zu Hause aber gab es so viel Vertrautes, Nahes: die Eltern, Kuza, Bunika und Puiu; Drago, den Lehrer, den Popen und sogar den Moische. Dann den Hühnerstall, Huzu, die Poiana, das ganze Dorf, den Fluss, die Feste und das Maisfeld. Mein Maisfeld.

Wenn Nadine sich von mir abwenden sollte, wäre ich wieder allein in der Stadt wie vor drei Jahren.

Eines Tages kehrte Nelo aus Bukarest zurück. Er trat ins Zimmer, und mein Herz klopfte so laut, dass ich dachte, jeder müsste es hören. Wie die Uhr an der Wand tickte, so genau hörte ich jeden Schlag.

»Nun, Annuzza, hast du inzwischen viele Veilchen gepflückt?«, fragte Nelo mich leise, nachdem wir uns begrüßt hatten.

Ich schüttelte heftig den Kopf.

Es freute mich, dass er sich an jene erste Begegnung in der Strada Flondor noch so gut erinnern konnte. Mir ging es doch ebenso. Wenn ich an Nelo dachte, dachte ich zugleich an jede unserer Begegnungen. An fast alles, was er zu mir gesagt hatte, konnte ich mich entsinnen.

»Ich habe auch den ganzen Sommer über kein einziges Veilchen gefunden«, sagte Nelo und blickte mich so an, dass ich errötete.
Es war, als hätte er sich gestern erst vor dem Schülerheim von mir verabschiedet.
In diesem Winter trafen wir uns häufig bei Nadine und wenn wir uns begegneten, gab es immer viele Dinge, die wir uns zu erzählen hatten.
Manchmal sagte Nadine: »Nelo kommt nur deinetwegen so oft, Annuzza.«
Dann schüttelte ich den Kopf und es machte mich doch froh, dass Nadine es so empfand.
Vor den Osterferien wollte ich Nadine meine Hefte geben. Ich fürchtete und erwartete diesen Zeitpunkt gleichermaßen. Wenn ich vor dem Einschlafen oder nach dem Erwachen in meinem Bett lag, versuchte ich mir vorzustellen, wie Nadine und Nelo zu mir sein würden, nachdem sie die voll geschriebenen Hefte gelesen hatten.
Zuweilen dachte ich: Sie werden mich verstehen. Und dann wieder war ich davon überzeugt, dass sie sich von mir abwenden würden. Meine Stimmung wechselte wie Regen und Sonnenschein, wie gute und schlechte Obstjahre.
Nachdem wir schweigend ein Stückchen nebeneinanderher gegangen waren, sagte Nelo: »Du bist heute so ganz anders, Annuzza.«
»In vier Tagen beginnen die Osterferien«, sagte ich.
»Fährst du ungern nach Hause?«
»Nein, das nicht. Aber ich hab Angst vor dem Wiederkommen«, erklärte ich leise.
»Warum denn?«, fragte Nelo.
Ich schwieg, weil ich es ihm doch nicht erklären konnte. Er sollte es selbst lesen.
Nelo fragte nicht weiter. Vielmehr sagte er: »Wenn ich die Prüfung bestehe, werde ich Leutnant. Darf ich dich dann in den Sommerferien auf eurem Gut besuchen?«

Die Frage hallte in meinen Ohren nach.
»Wenn du mich dann noch auf dem Dorf besuchen magst«, antwortete ich unsicher.
»Warum sollte ich es im Sommer nicht wollen? Gerade dann, und ich freue mich darauf«, sagte Nelo lachend.
»Ich würde mich auch sehr freuen«, sagte ich leise.
Wenn er alles gelesen hat, kommt er bestimmt nicht. Oder vielleicht doch? Vielleicht mag er mich selbst, die Annuzza, und nicht die Gutstochter? Konnte es sein, dass es ihm gleich war, woher ich kam und was ich war? Mir wäre es egal. Und wenn er ein einfacher Bauernjunge wäre! Aber da war ja noch der Weg, der lange, lange und falsche Weg der vielen Unwahrheiten.
Als wir uns verabschiedeten, sagte er: »Vor den Osterferien werde ich nicht mehr zu Nadine kommen können. Wir haben schriftliche Prüfung, Annuzza.«
»Hoffentlich schaffst du's.«
»Ich glaub schon. Und ich wünsch mir, dass du nach den Osterferien nicht wieder so traurig bist wie heute.«
»O Nelo«, sagte ich. »Ich wünsche es mir auch.« Er konnte nicht wissen, dass ich es mir ebenso wünschte, wie dass Vater das Maisfeld nicht vertrinken möge.
Vor meiner Heimfahrt gab ich Nadine die Hefte – es fiel mir so schwer wie seinerzeit die Rückgabe der Perlen, die ich mit den gestohlenen fünf Lei gekauft hatte. Ich bat Nadine, alles zu lesen.
»Es ist meine Geschichte«, sagte ich. »Und wenn ich zurückkomme in vierzehn Tagen, musst du mir alles sagen, was du beim Lesen gedacht hast, überhaupt alles.«
Nadine schüttelte verwundert den Kopf und wollte neugierig eines der Hefte öffnen.
»Nicht jetzt«, sagte ich schnell. »Bitte, Nadine! Versprich mir, dass du erst morgen lesen wirst.«
»Du bist komisch, Annuzza«, sagte Nadine. »Aber wenn du's unbedingt willst, verspreche ich es dir.«

Als ich fortging, lagen meine Hefte auf dem Tisch in Nadines Zimmer. Ich kann es nicht beschreiben, aber ich hatte das Gefühl, endlich frei zu sein und fliegen zu können. Und zugleich war es mir, als steckten meine Beine bis zu den Knien in einem verschlammten Boden, aus dem ich mich nicht befreien konnte.
Nun habe ich meine Hefte aus der Hand gegeben, ein dunkles Kapitel meines Lebens abgeschlossen. Aber ich werde trotzdem weiterschreiben, ich habe ja nicht nur für Nadine und Nelo geschrieben, sondern vor allem auch für mich.
In der Karwoche war ich oft bei Kuza. Ihr Haus blitzte vor Sauberkeit, und Kuzas Gesicht drückte immer Freude und Glück aus. Mihai und sein Vater waren draußen bei der Feldarbeit, während ich ihr in der Küche beim Bemalen der Eier half. Wir versahen die hart gekochten Eier mit verschiedenen Ornamenten, Blumen und Tiergestalten. So waren wir es von zu Hause her gewöhnt. Das Bemalen nahmen wir mit einer in heißes Wachs getauchten Kielfeder vor.
Als wir so beieinander saßen und die fertigen Eier sich auf dem großen Holzteller mehrten, sagte Kuza unvermittelt: »Du solltest zurückkehren, Annuzza.«
»Warum?«, fragte ich erstaunt, denn ich hatte gedacht, gerade Kuza freue sich darüber, dass ich das Liceul Orthodox besuchen konnte.
»Langsam wird der ganze Hof verpfändet, wenn du fort bist. Ich glaube, Vater denkt, es hat keinen Sinn mehr, alles zusammenzuhalten. Deshalb trinkt er den ganzen Tag. Ich bin fort, du willst in der Stadt bleiben, und auch Puiu sagt immer, dass er das Dorf verlassen wird. Wenn du da wärst, Annuzza, hätte Mamika weniger Kummer und du könntest später mal den Hof übernehmen«, antwortete Kuza.
»Aber ich hab doch ein Stipendium«, wendete ich leise ein.
»No, denk halt über alles nach, Annuzza.«
Ich nickte. Ich hatte schon oft nachgedacht, aber noch niemals war mir der Gedanke gekommen, die Stadt und die

Schule zu verlassen. Ich glaubte auch nicht, dass Vater dann das Trinken aufgeben würde. Wenn ich jetzt ins Dorf zurückkehrte, würden alle über mich lachen. Und die Zeit in der Stadt wäre wie ein Fass mit einem Loch im Boden. Alles, was man hineingeschüttet hat, fließt langsam wieder weg und das Fass bleibt leer.

Kuzas Worte begleiteten mich die ganzen Ferien über. Ebenso wie die Frage, was Nadine und Nelo zu meiner Geschichte sagen würden.

Am Mittwoch vor Ostern ging ich mit Puiu an den Fluss. Er trug in einem Leinenbeutel Eierschalen mit. Am Ufer knieten wir nebeneinander nieder und warfen eine Schale nach der anderen ins Wasser.

Es war ein alter vorösterlicher Brauch. Die Eierschalen sollten irgendwelchen flussabwärts ohne Priester und Kalender lebenden Volksstämmen anzeigen, dass Ostern nahe ist. Bei uns auf dem Dorf wurden diese Völker Rocmanen genannt und niemand wusste, ob es sie gab und wo sie lebten. Man warf die Eierschalen in das fließende Wasser, weil man es immer schon so gehalten hatte.

Puiu und ich, wir sahen den treibenden Schalen nach, die wie leichte Papierschiffchen über die Wellen tanzten. »Willst du immer noch Schafhirte werden, Puiu?«, fragte ich ihn.

Puiu nickte. »Schafhirte oder ein Wanderer, der von Ort zu Ort zieht, bis er das ganze Land kennt.«

»Das ist doch kein Beruf«, sagte ich.

»Wieso nicht?«, fragte Puiu. »Ich finde, es ist einer.«

Kuza hatte Recht, dachte ich. Puiu wollte fort aus dem Dorf. Keiner wird da sein, der den Hof übernimmt. Vielleicht lag es wirklich an mir, den Hof vor dem Zerfall zu bewahren? Ich nahm mir vor, mit dem Popen darüber zu sprechen.

Aber am Donnerstagabend vor Ostern begann mit der Grablegung das große Fest der Auferstehung und ich musste damit warten. Es war mir alles so vertraut. Die große Kirchenglocke schwieg von Donnerstag bis Samstag um Mitter-

nacht. Zum Zeichen der Grablegung wurden die kleinen Glocken kurz geläutet und dann ertönte das rhythmische Pochen der zwei leichten Holzhämmer auf ein freischwingendes Brett vom Kirchturm weit über das Dorf hinweg.
So wurden wir alle zum Gottesdienst gerufen und der Pope verlas in verschiedenen Sprachen das Evangelium vom Leid und vom Tod des Erlösers.
Ich stand neben Mutter in der Kirche und sah, wie sie ihre abgearbeiteten Hände zum Gebet faltete. In ihrem Gesicht zeugten viele kleine Fältchen von den Sorgen, die sie mit Vater und dem Hof hatte.
Konnte es meine Aufgabe sein, ihr zu helfen?
Als der Tag der Auferstehung anbrach, waren meine Gedanken in großer Unordnung. Immer mehr drängte sich die Frage in den Vordergrund, wie Nadine und Nelo sich verhalten würden. Ich nahm mir vor, bei der Auferstehung meine brennende Kerze zu befragen. Wie in jedem Jahr bisher ging ich auch diesmal mit den Eltern, Bunika, Puiu, Kuza und ihrer neuen Familie um Mitternacht zur Kirche.
Zur Liturgie ertönte nach dreitägiger Ruhe zum ersten Mal wieder das volle Glockengeläute, und in der Kirche erschallte der Ruf: »Christos a inviat!«[53] Worauf die ganze Gemeinde antwortete: »Adevarat, a inviat!«[54]
Dann erst entzündeten wir an den brennenden Altarkerzen unsere hohen Wachslichter. Der Pope verließ, gefolgt von den Chorknaben, die Kirche und wir alle schlossen uns ihm an. Die Jungen sangen und die Kerzen flackerten unter dem dunklen Nachthimmel wie ein Lichtermeer.
Dreimal mussten wir mit unseren brennenden Kerzen die Kirche in der Prozession umkreisen. Jeder konnte einen Wunsch im Herzen tragen. Es hieß, dass er dem erfüllt wird, der seine Kerze unverlöscht wieder vor den Altar trägt. Ich glaube fest daran. Als ich mein Licht beim Altar entzündete, hatte ich nur einen Wunsch: Nadine und Nelo sollten mich verstehen und mir meine Lüge verzeihen.

[53] *Christos a inviat = Christus ist auferstanden.*
[54] *Adevarat, a inviat = Fürwahr, Er ist auferstanden.*

Ich ging neben Puiu als eine der Letzten in der Prozession. Vor mir bewegte sich die dichte Reihe der Menschen. Dieser Anblick ergriff mich – wie in jedem Jahr. Die kleinen Flammen zitterten im kühlen Wind der Nacht. Ich legte meine Hand schützend vor das Licht meiner Kerze. Noch niemals hatte ich ihr Verlöschen so gefürchtet wie heute. Jedes Mal, wenn wir um eine der vier Kirchenecken bogen, holte ich das Licht ganz nah zu mir heran und umgab es schützend mit meinem Arm. Der Wind blies uns an jeder Ecke heftig entgegen. Ich sah, dass Kuza, die schräg vor mir ging, die Lippen bewegte und ängstlich auf ihr Licht blickte. Was mochte sie für einen Wunsch haben?
Dann hatten wir zwei Runden hinter uns. Hier und da war ein Licht ausgegangen. Es durfte dann nicht wieder angezündet werden. Die Flamme meiner Kerze neigte sich zur Seite – wie Nadine, wenn sie eine schwierige Ballettfigur tanzt, dachte ich. Oder wie Nelo, wenn er sich herabbeugt, um mir etwas zu sagen.
Ich musste bei diesen Gedanken, die mich weit fort in die Stadt führten, meine Hand etwas verschoben haben. Ein Windstoß fuhr über mich hinweg, erfasste die kleine Flamme und sie erlosch.
Tränen stiegen in meine Augen. Ich blieb stehen. Wie einen Stab, so trug ich die dunkle Kerze vor mir her. Nelo wird mir nicht verzeihen. Ich habe Nelo verloren – das war alles, was ich denken konnte. Die ganze Woche über, die ich noch zu Hause verbrachte, sah ich das Bild der verlöschten Kerze vor mir. Mit ihr war auch mein Traum erloschen. Aber meine Gedanken klammerten sich daran, dass sie erst ganz zum Schluss ausgegangen war. Und in einem Augenblick, da ich nicht an meinen Wunsch gedacht hatte.
Am Tag vor meiner Abreise ging ich noch einmal in die Kirche. Aber nicht, um mit dem Popen zu reden, sondern um erneut und allein mit einer brennenden Kerze um die Kirche zu gehen.

Mit einem Streichholz entzündete ich die geweihte Altarkerze und hielt meine daran, bis sie brannte. Dann trat ich in den Abend hinaus. Es dämmerte schon und ich hoffte, dass niemand mich sehen würde. Mein Herz klopfte erregt. Vorsichtig setzte ich Fuß vor Fuß. Es war windstill. Und ich dachte nur an meinen großen Wunsch. Würde die Kerze wieder verlöschen? Als ich nach dem dritten Mal erneut vor dem Kirchentor stand, flackerte sie noch und ich hatte das Gefühl, nun müsse alles gut werden.
Behutsam legte ich das Wachslicht auf den Altartisch. Als ich mich umwandte, um die Kirche zu verlassen, trat der Pope aus einer Seitentür zum Altar. Er entdeckte mich sofort und rief mich zurück.
»Was machst du hier, Annuzza?«
Stockend erzählte ich es ihm.
Er blickte mich lange und ernst an. Dann sagte er eindringlich: »So kann man den lieben Gott nicht einfangen, Annuzza. Es sollte wohl sein, dass deine Osterkerze verlöscht. Du musst dich damit abfinden.«
Hatte der Pope Recht?
Ich wollte so gerne daran glauben, dass meine Kerze jetzt Recht gehabt hatte. Jetzt, und nicht in der Nacht der Auferstehung. Mit diesem Gedanken, der stärker war als die mahnenden Worte des Popen, fuhr ich am folgenden Tag zurück in die Stadt.

Noch einmal in der Stadt

Die Erwachsenen wissen immer genau, was falsch und was richtig ist. Oder sie tun so, als wüssten sie es. Ich erkenne immer viel zu spät meine Fehler. Wäre es anders, dann müsste ich jetzt nicht mit Herzklopfen zur Schule gehen.
Ich fürchtete die Begegnung mit Nadine an diesem ersten Schultag nach den Osterferien.

Je näher ich der Schule komme, desto langsamer werden meine Schritte. Dann aber stehe ich vor der Klassentür, so, wie ich schon oft hier gestanden bin. Und doch ganz anders. Beinahe wie vor einer schwierigen Prüfung.
Ob Nadine wohl schon da ist? Ohne dass ich es will, drückt meine Hand die Türklinke herab. Ich trete ein und sehe die vertrauten Gesichter. Die Mädchen sind auf ihren Plätzen oder stehen in kleinen Gruppen beieinander. Ich sehe sie undeutlich, wie hinter einem dünnen Schleier. Nur Nadine sehe ich nicht. Unsere Bank ist leer. Ich hänge meine Schulmappe an den Haken neben dem Sitz und stütze meinen Kopf in beide Hände. Vielleicht ist sie irgendwo in der Klasse, überlege ich. Aber ich wage nicht, nach ihr zu suchen.
»Da bist du ja, Annuzza!«, höre ich plötzlich Nadines Stimme hinter mir. Ich wende mich um.
Nadine kommt auf mich zu und ich sehe es ihrer Miene an, dass sie sich bemüht, unbefangen und so zu sein, wie sie vor meiner Beichte war. Aber es gelingt ihr nicht.
»Wie waren die Ferien?«, fragt sie. »Hat deine Schwester jetzt einen großen Hof? Sie muss ja sehr schön sein, die Kuza. Und trägt der Puiu immer noch einen Bürstenhaarschnitt? Was macht eigentlich die neue Mikuza?«
Ich verstehe Nadine nicht. Ist das alles, was sie mir zu sagen hat? Soll ich ihre nebensächlichen Fragen beantworten? Was soll ich nur sagen, was soll ich tun? Ich komme mir vor wie ein Küken, das eben aus dem Ei geschlüpft ist. So hilflos. Nadine spricht mit mir, aber sie ist trotzdem weit weg.
»Nadine«, sage ich und erkenne meine Stimme kaum. Sie ist leise und zögernd. »Nadine, sind wir noch Freundinnen?«
Nadine schaut an mir vorbei und versucht zu lachen. »Was denkst du! Freilich sind wir Freundinnen. Mama hat zwar gesagt … Mama ist manchmal komisch. Ich werde dich auf dem Hof besuchen und mit dir auf die Poiana gehen. Weißt du, ich esse Mamaliga gerne. Mein Vater trinkt oft Likör. Im Keller haben wir viele leere Flaschen, ich zeig sie dir mal …«

»Nadine«, unterbreche ich sie, »bist du mir böse?«
»Nein, warum sollte ich dir böse sein?« Nadine spielt mit einem Bleistift. Sie dreht ihn hin und her. Sie spricht so viel, denke ich, aber sie sagt gar nichts.
»Ich bin dir wirklich nicht böse. Nelo meint zwar, du hättest es früher sagen müssen. Er meint, man könne schon mal schwindeln, aber ... Ach, es ist ja auch gar nicht wichtig, was Nelo sagt.«
»Doch, Nadine, das ist sehr wichtig.« Ich spreche einfach aus, was ich denke. Hätte ich es besser nicht sagen sollen? Aber Nelos Ansicht ist für mich doch ebenso wichtig wie Nadines. Und ich kenne weder die eine noch die andere. Ich fühle nur: es ist vorbei. Nadine wird mich wohl niemals besuchen. Sie mag Mamaliga bestimmt nicht. Und der Weg auf die Poiana wäre ihr zu anstrengend.
»Ach«, sagt Nadine, »warum reden wir eigentlich so viel darüber? Wir können es ja ein andermal tun, wenn du unbedingt willst.«
Ich nicke. Was bleibt mir anderes übrig? Ich sehe, dass Nadine sich bemüht, mit leichten Tanzschritten über die Schwierigkeiten zu gleiten. Aber sie kann es nicht und ich kann es auch nicht.
Mamika hat einmal einen Tonkrug zerbrochen. Als sie ihn klebte, sagte Bunika aus ihrer Fensterecke: »Heißes Wasser kannst aber nicht mehr hineingießen, Lele. Was gekittet ist, ist nicht mehr ganz.«
So mag es auch mit unserer Freundschaft sein. Sie ist nicht mehr ganz. Die Kerze am Auferstehungstag hat es richtig vorausgesagt. Nadine versucht sie mit Worten zu kitten. Und die Worte allein werden sie nicht zusammenhalten können. Während der folgenden Stunde schiebt Nadine mir die Hefte mit meiner Geschichte zu. Auch dabei sieht sie mich nicht an. Nun liegen die Hefte zwischen uns auf der Bank wie meine Unwahrheiten. Ich bin Nadine dankbar, dass sie überhaupt noch mit mir spricht. Aber ich werde nicht mehr zu ihr gehen.

Ich bin wieder allein. In der folgenden Zeit empfinde ich es immer stärker. Die Nachmittage sind trotz des Lernens und der Nachhilfestunden leer. Einmal hat Nadine mich aufgefordert sie zu besuchen. Aber es schien mir, als sei sie über meine Absage gar nicht traurig. Sie forderte mich kein zweites Mal auf.
Wir sprechen in den Pausen miteinander und ich spüre dabei, dass sich zwischen uns alles verändert hat.
Nelo habe ich noch nicht wieder gesehen. Ich habe Nadine auch nicht weiter nach ihm gefragt. Jedes Mal, wenn ich durch die Strada Flondor gehe, halte ich heimlich Ausschau nach ihm. So gerne würde ich ihn sehen und sprechen. Dann soll er mir ehrlich sagen, dass er mich verurteilt, dass er mich nicht versteht.
Eines Nachmittags erblicke ich ihn, wie damals bei unserer ersten Begegnung, in einer Gruppe junger Männer auf der gegenüberliegenden Straßenseite. Er trägt die Leutnantsuniform – also hat er die Prüfung bestanden. Wie gerne würde ich nun unbefangen auf ihn zugehen und ihm Glück wünschen! Aber er sieht mich nicht. Oder tut er nur so?
Plötzlich schaut er auf und geradenwegs auf mich. Er legt seine Hand an die Mütze und grüßt.
Meine Knie zittern und ich kann nicht weitergehen. So bleibe ich stehen und grüße zurück.
Ich sehe, wie er sich zu seinen Kameraden beugt und dann auf mich zukommt. Ich stehe immer noch da, als wäre ich festgewachsen. Gleichzeitig schäme ich mich. Sicher wird er glauben, ich warte auf ihn.
»Buna ziua, Annuzza«, sagt er und blickt über mich hinweg. »Ich glaube, ich muss es dir selbst sagen.«
»Was?«, frage ich und wundere mich, dass ich trotz der Aufregung ruhig sprechen kann.
»Ich muss dir sagen, dass ich dich im Sommer doch nicht besuchen kann«, sagt er und betrachtet seine Handschuhe. Sie sind schneeweiß, makellos sauber, stelle ich fest.

Sonderbar, was mir in diesem entscheidenden Augenblick an Nebensächlichkeiten auffällt.
»Ich habe es mir schon gedacht«, sage ich tonlos.
»Ja, du hast es gedacht. Und deshalb kann ich es dir auch offen sagen. Du verstehst mich vielleicht.«
Ich nicke. »Ich versteh dich sehr gut, Nelo.«
»In ein paar Tagen verlasse ich die Stadt. Meine erste Garnison ist Ploeschti«, erzählt Nelo. Auch er ist bemüht, unbefangen zu erscheinen.
»Ich wünsche dir alles Gute«, sage ich. »Überhaupt.«
»Danke.«
»Also dann!« Ich wende mich zum Gehen.
»Buna ziua, Annuzza!« Auf seinem Gesicht liegt ein kleines, trauriges Lächeln.
Ich gehe die Straßen entlang. Um mich herum sind Menschen. Fremde Menschen. Und Geräusche. Stimmen. Lachen. Ich kann nicht lachen.
Das Schwerste ist zu wissen, dass ich allein schuld bin an allem. Nur ich. Alles hätte anders sein können.
Unvermittelt, wie meine Freundschaft mit Nadine und Nelo begonnen hat, ist sie auch zu Ende gegangen. Ich hätte es nur wissen müssen. Vielleicht habe ich es auch geahnt, all die Jahre über. Wahrscheinlich hatte ich deshalb solch eine Angst davor, die Wahrheit einzugestehen. Anfangs war ich auch allein in der Stadt. Aber jetzt ist es viel schlimmer. Wenn man etwas noch nie besessen hat, weiß man ja gar nicht, wie schön es sein kann, es zu besitzen. Nadine und Nelo waren meine Freunde und die Stadt hatte ein heiteres Gesicht. Jetzt habe ich keine Freunde mehr und überall steigen mir die Schatten des Abends entgegen.
Was will ich hier? Mit dem Märchen von der Gutstochter Annuzza habe ich selbst die Türe zugeschlagen, die mir das Leben vor vier Jahren geöffnet hat.
Nun stehe ich draußen und kann nur mehr zurückgehen – wie Drago seinerzeit.

Wohin ich gehöre

Die Wochen vor der kleinen Matura, die am Ende des vierten Schuljahres stattfinden sollte, vergingen ähnlich wie die erste Zeit in der Stadt. Ohne es zu wollen, hoffte ich doch noch auf eine Versöhnung mit Nadine. Ich wartete, dass sie eines Tages wieder so zu mir sein würde wie früher. Manchmal glaubte ich in ihrem Blick ein Anzeichen der alten Vertrautheit zu sehen. Aber dann schlug ich meistens die Augen nieder und erkannte schnell, dass ich mich getäuscht hatte. Einmal richtete mir Nadine einen Abschiedsgruß von Nelo aus, der die Stadt endgültig verlassen hatte.

Vor der Prüfung musste ich viel lernen. Die übrige Zeit verbrachte ich mit Nachhilfestunden. In dem kleinen Ledersäckchen mehrten sich die Münzen und Scheine. Das Geld wollte ich Mutter geben, damit sie einen Teil der Schulden beim Moische bezahlen konnte.

Dann war auch die kleine Matura vorbei. Ich hatte keine Angst davor gehabt und bestand die Prüfung mit einem guten Durchschnitt. Auch Nadine hatte es geschafft, obgleich sie nicht zu den besten Schülerinnen gehörte.

Am letzten Schultag vor den Ferien bekamen wir unsere Zeugnisse und zugleich einen Bogen Papier, auf dem jede Schülerin ihre neue, niedrige Nummer erfuhr. Nadine hielt den weißen Bogen Papier in beiden Händen und tanzte damit durch die ganze Klasse.

»Ich habe 102 – welche Nummer hast du, Annuzza?«, fragte sie mich laut.

»Fünfundneunzig«, sagte ich.

Dass sie mich in den Ferien eigentlich besuchen wollte, erwähnte Nadine mit keinem Wort. Sie hatte es wohl vergessen. Gleich muss ich die Klasse verlassen, um heimzufahren, überlegte ich. Soll ich Nadine noch etwas sagen?

»Ich wünsche dir schöne Sommerferien, Nadine«, sagte ich schließlich und reichte ihr zum Abschied die Hand.

»Dir auch, Annuzza. Und im Herbst kommst du wieder zu mir«, meinte sie.
»Ja, Nadine.« Ich sagte es und wusste doch, dass es nicht stimmte. Ich würde Nadine nie mehr besuchen. Das Tor zu ihrem Elternhaus war für mich zugefallen. Ich besaß keinen Schlüssel dazu. Nadine sprach seit den Osterferien mit mir immer nur wie durch ein Gitter. Sie stand auf der einen und ich auf der anderen Seite des Tores.

Das war das letzte Gespräch mit Nadine und der letzte Schultag in der Stadt. Mit dem Wagen eines Nachbarn fuhr ich vom Markt bis in unser Dorf. Als ich ankam, stand Mutter im Hof und faltete die getrocknete Wäsche.
»Da bist du ja, Kind«, sagte sie, als sie mich erblickte.
Ich nickte. In meinem schwarzen Schulkleid und der blauen Mütze kam ich mir hier so fremd vor. Ich glaubte einige Fältchen mehr in Mutters Gesicht zu entdecken. »Ich will mich nur schnell umziehen«, sagte ich und lief ins Haus.
Als ich das Leinenhemd und die Katrinza an mir spürte, fühlte ich mich wohler. Vor dem Spiegel überlegte ich: Mit dem kurz geschnittenen Haar bin ich nur ein halbes Bauernmädchen. Aber die Haare wachsen schnell. Bloß die Gedanken und die Erlebnisse in der Stadt lassen sich nicht verdecken. Sie werden bleiben, auch wenn meine Haare lang über die Schultern fallen.
Allmählich gewöhnte ich mich wieder an die Arbeit zu Hause und auf den Feldern.
Eines Tages sagte Mutter zu mir, als ich neben ihr die Kukuruzstauden hackte: »Wenn es so weitergeht mit Vater, wird das Maisfeld im Herbst dem Moische gehören.«
Ich beugte mich tief über den Boden, damit Mutter meine Augen nicht sehen konnte.
»Kann ich nicht helfen, Mamika?«, fragte ich. »In meinem Beutel sind viele Scheine und Münzen. Ich habe anderen Kindern Nachhilfestunden gegeben …«

»Das sind nur ein paar Körner in einem großen Sack«, sagte Mutter. »Du kannst den Schnaps nicht billiger machen und Vaters Durst nicht mit Worten stillen.«
Was sollte ich darauf erwidern? Es musste doch irgendeine Möglichkeit geben! Das Maisfeld durfte nicht verkauft werden. Es war das schönste im ganzen Dorf.
Ich erinnerte mich daran, dass ich mit dem Popen sprechen wollte. Nun hatte ich Zeit.
Ich ging noch am gleichen Abend zu ihm. Die Popadia öffnete mir die Tür und schickte mich in das Studierzimmer.
An einem Schreibtisch saß der Pope, vor ihm stand ein silbernes Kreuz.
Er blickte auf, als ich eintrat, und sagte: »Bist du von selbst zu mir gekommen, Kind?«
Ich nickte.
»Dann schickt dich der Herr.«
Ich stand neben dem Schreibtisch und heftete meinen Blick auf den großen Teppich aus Persien. Er war schön und bunt wie die Teppiche in Nadines Elternhaus. Langsam, als spräche ich zu mir selbst, erzählte ich dem Popen meine Geschichte. Auch meine Unwahrheit verschwieg ich nicht.
Dann aber berichtete ich von Vaters Schulden, vom Maisfeld, das wir bald verlieren würden, und von meinem Wunsch, etwas dagegen zu tun.
Als ich endete, hatte ich das Gefühl, die ganze Last nicht mehr allein zu tragen. Die strengen Gesichter der Heiligen auf den Ikonen schienen gütiger zu blicken.
»Gedanken brauchen Zeit«, sagte der Pope. »Komm morgen um dieselbe Stunde wieder, Annuzza.«
»Ja, Hochwürden«, sagte ich und verließ auf den leisen Sohlen meiner Opanken das Zimmer.
Auf der Dorfstraße kam mir Marcel entgegen.
Er winkte von weitem. Sein Gesicht strahlte. Er freute sich, man sah es ihm an.
»Dass du wieder da bist, Annuzza!«, rief er mir zu.

»Und du?«, fragte ich.
»Ich habe meinen Abschluss«, sagte er, als er vor mir stand. »Nun bin ich Kunsttischler.«
»Das ist schon was. Ich bin gar nichts«, sagte ich leise.
Er sah mich lächelnd an. »Du bist die Annuzza. Das ist sehr viel. Für mich.«
Ich spürte, dass ich errötete. Plötzlich wusste ich, dass ich auch ihm meine Hefte zum Lesen geben wollte. Jetzt gleich. »Komm mit, Marcel!«
Ich war froh, dass er keine Fragen stellte. Auf dem Cerdak bat ich ihn zu warten und holte meine Geschichte. »Hier, lies das«, sagte ich. »Bring sie mir zurück, wenn du fertig bist.«
Er nickte schweigend.
Ahnte er vielleicht, was die Hefte enthielten? Nein, das konnte nicht sein. Er nahm das Päckchen unter den Arm.
»Bis morgen, Annuzza!«
Ich sah ihm nach, wie er den Feldweg entlang ins Dorf zurückging. Ehe er hinter der Biegung des Weges verschwand, drehte er sich noch einmal um und winkte.
Ich winkte zurück.
Werde ich auch Marcel verlieren?
Die folgende Nacht war lang und schlaflos wie die Nacht vor der Prüfung. Ich wusste, dass ein entscheidender Tag anbrechen würde.
Als es von der Kirchturmuhr die vierte Nachmittagsstunde schlug, stand ich mit einem leisen Bangen wieder vor dem Popen.
In den Augen des Pfarrers lagen Güte und Verständnis. Er sah mich an wie Drago.
»Ich habe lange nachgedacht, Annuzza. Und ich habe auch mit der Popadia und mit dem Lehrer gesprochen. Und mit dem Herrn. Mit ihm vor allem. Die Stadt ist ein hartes Pflaster, Kind. Die Erde bei uns auf dem Dorf ist warm und weich, wenn man sie zu fühlen versteht. Du verstehst es. Du gehörst hierher. Du hast viel gelernt. Die Regierung hat mir Mittel

bewilligt, um einen Kindergarten zu gründen. Wenn du willst, kannst du ihn mit der Popadia leiten. Später dann wirst du es alleine schaffen. Es gibt noch viele unbeschrittene Wege hier auf dem Dorf, für dich und für uns alle.« Der Pope schwieg.

Ich legte meine Hände fest ineinander. Auf dem Dorf bleiben, eine Aufgabe haben – hier, in meiner eigentlichen Welt! Vielleicht könnte ich auch einen Jugendkreis gründen und den Kindern der Dorfschule erzählen, wie es wirklich ist in der Stadt. Damit niemand hingeht und von tausend Möglichkeiten träumt, die es gar nicht gibt. Ich könnte hier verdienen und dem Moische Vaters Schulden abzahlen. Ich könnte – ich könnte – ich kann …

»Willst du, Annuzza?«, fragte der Pope.

»Ja«, sagte ich leise, aber fest. »Ich will.«

Der Pope sprach noch lange mit mir. Er sprach mit mir so, als stünde ich bereits in seinen Diensten als Kindergärtnerin. Ich wusste, dass ich noch viel würde lernen müssen. Aber ich freute mich darauf.

Als ich das Haus des Popen verließ, senkte sich die Sonne im Westen. Das Dorf und die Felder lagen vor mir, als hätte sie ein Zauberer rot bemalt. Jetzt war es wieder ganz meine Heimat, meine Welt …

Dann trat ich noch beim Moische ein. Die Türglocke klingelte schrill, ohne mich zu erschrecken.

Unverändert wie vor Jahren trat der kleine Mann hinter seinem Ladentisch hervor.

Ehe er mich fragen konnte, was ich kaufen wolle, sagte ich: »Ich möchte Ihnen sagen, dass ich Vaters Schulden bezahlen werde. Nicht auf einmal, nach und nach.«

Es verschlug ihm die Sprache. Er hatte sich wohl auf das Maisfeld gefreut. Er starrte mich an, als käme ich aus einem fremden Land und trüge an Stelle einer Nase ein Geldstück im Gesicht.

»Es sind aber große Schulden«, sagte er ernst, »sehr große.«

Ich zog den Lederbeutel aus meinem Hemd und leerte ihn auf dem Ladentisch aus. »Hier ist eine Anzahlung. Ab nächsten Monat arbeite ich beim Popen, als Angestellte des Staates, als Kindergärtnerin. Und ich werde Ihnen monatlich mein Geld bringen.«
»No, wenn das so ist …«
»Ja, so ist es. Und mein Vater wird von jetzt an weniger Schnaps bei Ihnen kaufen«, bemerkte ich noch, ehe ich den Laden verließ.
Beim Abendbrot, als wir alle um den Tisch herumsaßen, sagte ich: »Wir müssen irgendwann meine Truhe aus der Stadt holen.«
»Warum?«, fragte Mutter.
»Ich bleibe auf dem Hof und im Dorf. Ich gehe nicht mehr in die Stadt nach den Ferien.«
Vater schaute auf. In seinen Augen stand wie eine kleine helle Flamme die Freude. Ich hatte es noch niemals gesehen. Die Freude erwärmte mein Herz. Ich sah, wie er aufstand. Er holte den Krug mit Schnaps vom Wandbrett, öffnete das Fenster und schüttete den Schnaps in weitem Bogen auf den Hof. In Mutters Gesicht breitete sich ein zaghaftes Lächeln aus. Bunika nickte. Puiu sagte: »Wenn bloß die Hühner den Schnaps nicht trinken!«
Dann erzählte ich, was der Pope mir vorgeschlagen hatte.
Als ich schwieg, war es sehr still in der Küche. Aber es war nicht die Stille vor einem Sturm. Es war wie die Stille des Morgens vor dem Sonnenaufgang und dem Erwachen des neuen Tages.
Als ich an diesem Abend in meinem Bett lag, schien es mir weicher zu sein als jemals zuvor. Und wärmer. Mir fiel ein, dass Marcel die Hefte noch nicht zurückgebracht hatte. Ob er morgen kommen würde?
Am nächsten Tag ging ich gleich nach der Morgenarbeit im Haus zum Lehrer. Er begrüßte mich freundlich und sagte: »No ja, es hat wohl so sein sollen. Nicht jeder, der Grütze im

Kopf hat, muss in die Stadt. Wir können dich auch hier gut brauchen, Annuzza.«

Als ich nach dem Gespräch mit Herrn Morianu heimging, sah ich ein gutes Stück meines Weges vor mir. Ich würde die kleinen Kinder der Bauern und Handwerker beschäftigen, ich würde ihnen Spiele beibringen, Märchen erzählen, ihnen Buchstaben und Zahlen erklären. Und ich würde den größeren Schulkindern an zwei Nachmittagen der Woche von all dem erzählen, was ich in der Stadt gesehen und gelernt habe. So hatten es sich der Pope und Herr Morianu gedacht. Und so war es mir recht. Es war zwar nicht die Erfüllung meiner großen Träume, aber eines kleinen Traumes. Es war nicht die große Welt, in der ich leben würde. Aber meine eigene. Ich hatte eine Aufgabe, die ich erfüllen konnte, zu der meine Kraft reichte.

Vor dem Hoftor sah ich Marcel stehen.

Und neben ihm stand unsichtbar meine Unwahrheit, Nadine, Nelo, die Stadt.

Er kam mir nicht entgegen wie vor zwei Tagen auf der Dorfstraße. Er stand da und wartete auf mich.

»Wo sind die Hefte?«, fragte ich ihn.

»Ich werde sie dir nicht wiedergeben«, antwortete er und stützte sich dabei auf die Zaunlatten.

»Warum?«

»Weil du nicht mehr daran denken sollst, was war. Denk nur noch daran, was ist und was wird.« Seine Stimme klang sonderbar weich und warm.

»Glaubst du?«, fragte ich.

»Ja«, antwortete er.

»Ich gehe nicht mehr zurück in die Stadt, Marcel.«

»Vielleicht wirst du einmal mit mir in die Stadt fahren, zum Einkaufen«, meinte Marcel lachend.

»Vielleicht«, sagte ich. »Kommt Zeit, kommt Verstand, hast du einmal gesagt.«

Nun konnte auch ich wieder scherzen.

»Ich muss an die Arbeit«, sagte ich dann.
»Dann müssen wir beide dasselbe.«
Marcel reichte mir die Hand, ehe er ging. Es war eine feste, zuverlässige Hand. Ich hatte es noch niemals so stark empfunden wie jetzt.
Aber ich ging nicht nach Hause, wie ich es vorgehabt hatte. Ich schritt über den trockenen Boden des Fußweges dem Maisfeld entgegen. Dabei strich ich mit den Fingern über die Stauden, die den Weg begrenzten. Wenn ich fleißig bin, wird das Maisfeld bald mir gehören, mir allein und doch uns allen. Mutter und Vater und mir.
Das Maisfeld. Ich setzte mich an meinen alten Platz zwischen den Stöcken. Neben mir breiteten sich die saftigen Kürbisblätter aus. Sie glänzten wie grüne Seide. Ich öffnete einen kleinen, fest geschlossenen Kolben. Man sah noch kaum etwas von den Kukuruzkörnern. Der Sommer lag ja erst vor mir. Der Sommer und das ganze erfüllte Leben. Jedes Jahr wird einmal Kukuruzklaka sein. Und eine Jordansfeier und eine Osterprozession. Jedes Jahr wird es Regen geben und Sonnenschein, Saat und Ernte. Und das Maisfeld wird bleiben. Ich werde meinen Namen hören, zu Hause, von den Kindern im Kindergarten, von Marcel und von Kuza. Und wenn mich meine Träume besuchen werden, die alten und die neuen Träume, werde ich sie in mein Maisfeld tragen.
Denn das Maisfeld ist meine Heimat.